U0564440

绿衣人

〔日〕江户川乱步 著

叶荣鼎 译

山东画报出版社

图书在版编目（CIP）数据

绿衣人 /（日）江户川乱步著；叶荣鼎译. --济南：山东
画报出版社，2022.3（2024.4重印）
（江户川乱步全集·明智小五郎系列）
ISBN 978-7-5474-3947-0

Ⅰ.①绿… Ⅱ.①江… ②叶… Ⅲ.①儿童小说－侦探小说－
日本－现代 Ⅳ.①I313.84

中国版本图书馆CIP数据核字（2021）第134769号

LÜ YI REN

绿衣人
〔日〕江户川乱步 著 叶荣鼎 译

责任编辑 怀志霄
封面设计 光合时代

主管单位 山东出版传媒股份有限公司
出版发行 山东画报出版社
　　　社　　址 济南市市中区舜耕路517号　邮编 250003
　　　电　　话 总编室（0531）82098472
　　　　　　　 市场部（0531）82098479· 82098476（传真）
　　　网　　址 http://www.hbcbs.com.cn
　　　电子信箱 hbcb@sdpress.com.cn
印　　刷 山东新华印务有限公司
规　　格 787毫米×1092毫米　1/32
　　　　　　 7.5印张　106千字
版　　次 2022年3月第1版
印　　次 2024年4月第2次印刷
书　　号 ISBN 978-7-5474-3947-0
定　　价 38.00元

如有印装质量问题，请与出版社总编室联系更换。

译者序

红极一时的日本动漫《名侦探柯南》的作者漫画家青山刚昌，孩提时代曾是江户川乱步的超级追星族，他笔下的主人公江户川柯南的姓就取自日本推理文学鼻祖江户川乱步，名则取自英国的柯南·道尔。

日本作家历来都有用笔名的传统，江户川乱步本名平井太郎，早年就读于早稻田大学经济学专业，江户川就在早稻田大学旁边。巧合的是，"江户川"的日式英语发音"edogawa（爱多嘎娃）"，与"Edgar a-（埃德加·爱）"的发音极其相似；

"乱步"的日式英语发音"ranpo（兰波）"，与"llan Poe（伦·坡）"的发音又十分相近，故而决定以"江户川乱步"为笔名。从此，这个名字陪他度过了四十年推理文学创作生涯，也成为日本推理文学史上不可逾越的高峰。

1923年，乱步在《新青年》杂志上发表处女作《两分铜币》，引发轰动。当时的编者按这样写道："我们经常这样说，《新青年》杂志上总有一天将刊登本国作者创作的侦探小说，并且远远高于欧美侦探小说的创作水平。今天，我们终于盼来了这一兴奋时刻。《两分铜币》果然不负众望，博采外国作品之长，水平遥遥领先于外国名作。我们深信，广大读者看了这篇小说后一定会深以为然，拍案叫绝。作者是谁？是首位登上日本侦探文坛的江户川乱步。"

1925年，乱步发表小说《D坂杀人事件》，成功塑造了日本推理文学史上的第一位名侦探——明智小五郎。其后，他又陆续创作了《怪盗二十面相》《少年侦探团》等脍炙人口的作品，其中的"怪盗二十面相""少年侦探团"等角色已经突破了类型文学的束缚，成为世界文学史上的典型形象，先后多次被搬上各种舞台，改编成各种各样的影视、动漫作品。

第二次世界大战爆发后，江户川乱步因作品被禁止出版，投笔抗议，公开发表《作者的话》："我撰写的小说主要是把侦探、推理、探险、幻想和魔术结合在一起，让读者富有想象力和创造力。人类必须怀有伟大的梦想，经过不断的努力，才会创造出伟大的时代。没有梦想，没有幻想，就没有科学。历史已经证明，科学的进步多取决于天才的幻想和不懈努力。科学进步了，人民才会过上好日子。可是今天的战争，毁掉了科学，毁掉了人民的梦想，日本人民将会被一个不剩地当作炮灰，却还是避免不了失败的结局。"

1947年，日本侦探作家俱乐部成立，乱步被推举为主席。俱乐部在1963年改组为日本推理作家协会，至今仍是日本最权威的推理作家机构。1954年，乱步在六十大寿之际，个人出资100万日元，设立"江户川乱步奖"，用以激励年轻作家。在之后的半个多世纪里，以东野圭吾为代表的一大批优秀的日本推理文学作家通过这个奖项脱颖而出，他们的成绩也使得"江户川乱步奖"成为日本推理文坛最权威的大奖。

1961年，为表彰乱步在推理文学界的杰出贡献，日本政府为其颁发"紫绶褒勋章"（授予学术、艺术、运动领域中贡献卓著的人）。1965年，乱步突发脑出血去世，获赠正五位勋三等瑞宝章。为纪念乱步，名张市建有"江户川乱步纪念碑"与"江户川乱步纪念馆"，丰岛区设有"江户川乱步文学馆"，供日本与世界的爱好者与学者瞻仰和研究。

《江户川乱步全集》作为乱步作品之集大成者，先后出版了多个版本，加印数十次，总印数超过一亿册，迄今已有英、法、德、俄、中五大语种版本问世。衷心希望诸位读者能够通过这一版的中文译本，回望日本推理文学的滥觞，领略一代文学大家的风采。

是为序。

2021年元旦于上海虹桥东华美寓所

目　录

银座街头的影子

初秋的一个夜晚，万里无云，群星璀璨，凉风习习。

东京银座大街上热闹非凡，到处是步履悠悠的行人。

霓虹灯竞相争艳，编织出一道绚丽的七彩夜景。

"咦，那是什么？"

人流中的一名青年突然抬起脸望着夜空嘀咕。

他发现空中嗖地掠过一道光。

"什么？在哪儿？"

与他同行的青年急忙抬头四下寻找。

"好像是M百货公司的屋顶上。是什么人的恶作剧？"

原来是为了庆祝公司创建五十周年，M百货公司正在举行大促销活动，晚上用探照灯代替广告气球招揽顾客。探照灯不仅照向夜空，还会不时地掠过银座的街道，以引起游客的注意。

银座大街上也有空置的房屋，在如白昼一般灯火通明的街道上就像缺了的牙齿一般。探照灯的光圈在明亮的橱窗前并不显眼，但一照到这些空房的时候便会格外醒目，简直就像舞台上的追光灯。

"喂，刚才那个……你看见了吗？"

"嗯，看见了，人脸放到那么大的话，也挺可怕的。"

不知什么时候，两人挤出了人群，在路边一棵大树下饶有兴致地看着探照灯的光圈四处游走。就在光圈扫过一栋三层空屋的一刹那，一张巨大的人的侧脸映了出来。

也许是什么人恰好从探照灯前经过？那张像是要说什么的嘴、高挺的鼻梁，以及眼睫毛，都被放大了不知多少倍，占据了整个建筑物。那难以形容的模样着实让人感到害怕。

"有意思，再看一会儿吧。说不定还有什么。"

"还真是当侦探的料。一看见离奇古怪的东西，就会立即与案件挂起钩来。"

"也许，这正是某个事件的开端……仔细想想，影子这东西还真是可怕。只要光源够近，我们渺小的身体投下的影子甚至能够覆盖整个东京，不，整个日本。"

青年说着，目光始终紧紧盯着探照灯的光圈。

他的侧脸在路灯下清晰可辨，不正是大侦探明智小五郎的得力助手小林芳雄吗？

另一个青年是大江，他是小林的好友，两人有着共同的兴趣。

探照灯继续在人群的头顶上游弋，不时划过那栋空屋，但两人期待的那个影子再也没有出现。

"走吧，那影子不会再出现了。"

大江催促道。

"嗯……"

小林尽管依依不舍，但脚下已经迈出了两三步。就在这时，探照灯竟直直地照在了那栋空屋上，并且再也不动了。

小林见状急忙停住了脚步，大江也停了下来。

从这边看过去，那栋空屋的外墙就像一块电影院的大银幕。

这时，恰好有一个女人经过。白净的脸庞、优美的身姿、流行的装扮，看上去很年轻。

女人若无其事地走进了探照灯的光圈，每走一步，短大衣便随之飘动，裙摆也跟着摇摆，甚至可以隐约听到高跟鞋踩在马路上清脆的脚步声。

"喂，你看！"

小林的声音让大江吃了一惊，不由得看向他手指的方向。

空屋的房顶上，一个巨大的黑影缓缓伸了下来。

"啊，是手，是手的影子！"

因为实在是太过巨大，一时间很难看清那黑影到底是什么东西，但随着它缓缓伸下来，大江终于确定那就是被放大了若干倍的人手的影子。

此时，那女人还没走到空屋的正中间。她对头上巨大的黑影毫无所觉，依然迈着轻快的步伐不紧不慢地走着。

她会不会被那只巨大的黑手掐死呢？

黑手就像一只被放大了无数倍的巨大的蜘蛛，从屋顶缓慢但一刻不停地爬了下来。

终于，这只大蜘蛛就像抓捕蝴蝶一般，弯曲的手指先是张开，随即猛地捏紧。

那女人仿佛变成了一只美丽的蝴蝶，被巨人的手指死死捏住的蝴蝶。

"奇怪，如果纯属巧合，影子与人配合得也太天衣无缝了，不是吗？"

小林喃喃自语道。

突然，女人好像察觉到了巨手影子，吃惊地停住了脚步。

即便隔着这么远的距离，还是可以清楚地看到女人发现影子之后的惊恐。本来只要快走几步，离开探照灯的照射范围就可以了，但她似乎吓得连逃走的力气都没有了，就像被那只巨手按着似的，就那么蹲了下来，然后开始扭动着身子痛苦地挣扎。

"这女人好像在演独角戏。"

小林话音刚落，巨手突然消失得无影无踪。但紧接着，真正恐怖的事情发生了。

这次绝对不是巧合。再次从屋顶探出的巨手竟然握着锋利的双刃短剑，对着蹲在地上颤抖不止的女人猛地扎了下去。

也许是幻觉，小林好像听见了"啊！"的一声惨叫。

那女人也好像真的是被短剑刺中了，停止了挣扎，倒在地上一动不动。

得逞的巨手握着短剑消失在了屋顶上，看那影子，剑尖上甚至滴下了非常大的血滴。

所有的这一切只是发生在眨眼之间，街道上的大多数人甚至都没有察觉。即便有个别人注意到了这里，一时间也实在难以理解看到的一切。

众人满腹狐疑地聚集在倒地不起的女人周围的时候，小林和大江也连忙冲过街道，挤进了围观的人群。

"怎么回事？是不是身体不舒服？"

一位胖乎乎的中年绅士把手搭在女人肩膀上，轻轻摇晃着大声问道。

"不好了，她已经没有意识了！"

中年绅士大吃一惊，不知所措地抬头看向围观的众人。

大江已经来到女人身边，伸手将她扶了起来。

"快醒醒！"

大江用力摇晃女人的肩膀，同时凑到她的耳边大声叫道。

女人十分美丽，只是脸色实在太过苍白，此时又双目紧闭一动不动，让人不由得联想到美丽的人偶。

大江好像突然想起了什么：

"咦，这不是姐姐的同学芳枝小姐吗？"

几乎就在大江认出她的同时，芳枝突然睁开了美丽的双眼。

"我这是怎么了？真对不起。"

芳枝满脸惊讶，挣扎着想要站起来。但她似乎已经脱了力，大江只好双手架住了她。

"芳枝小姐，我是大江光一，你大概不记得了，我是你同学大江伸子的弟弟。"

"哦，是大江小姐的……真不好意思，我刚才看到了可怕的幻影……然后就倒在了这里……"

芳枝的脸涨得通红，难为情地低下了头。

看热闹的人已经里三层外三层地把他们围在了当中，一双双好奇的眼睛从不同的角度目不转睛地盯着他们。

"大江君，我们先离开这里吧，那边就有出租车……"

经小林这么一提醒，大江连忙扶起芳枝，分开人群朝外挤去。

费了好大工夫，三人总算挤出人群，坐上了出租车。

"请问你家在哪里啊？"

"在代代木。另外，我已经改随夫姓，叫世本芳枝。"

原来她已经结婚了。

出租车开动之后，大江把世本芳枝介绍给了小林。世本芳枝好像非常了解小林的情况，还在报纸上看到过他的照片。

"你怎么会怕成那样？是有人在百货公司的楼顶上恶作剧，那只不过是影子而已啊。"

小林问道。他从刚才起就对这非常在意。

"我知道这是影子，但是，出于某种原因，所以……"

世本芳枝好像想起了什么可怕的往事，支吾起来。

果然，一定有什么原因，但是在出租车里说不太合适。但无论如何，恶作剧的家伙怎么会有那样一把寒光闪闪的短剑呢？

诡异的笑声

"就是那里。"下了出租车，在弯弯曲曲的树篱间又走了一百多米之后，世本芳枝指着一栋二层洋房对两人说，"转过这道围墙就是大门。"

正说着，当先引路的世本芳枝突然停住了脚步。

"怎么了？"

大江问道。

世本芳枝没有回答，两眼死死地盯着前方的地面，满脸惊恐。

那是一条T字形的小道，路口处的地面被转角后的灯光照亮，那应该就是世本芳枝家的门灯吧。

地面上横着一个巨大的人影，一动不动。如果是路过的行人，总该有什么动作才是，这样说来，难道那人是在思考什么问题？或者早已知道世本芳枝要带着客人回家，提前等在这里？

人影异常巨大，那人应该就站在离门灯很近的地方吧。

小林一个箭步蹿了上去，只要拐过转角，就能看到这影子主人的真面目了。

就在这时，一个令人不寒而栗的声音毫无预兆地响了起来。

是若有若无的轻笑声。伴随着笑声，地面上影子的嘴也动了起来。那不像是人的声音，更像是某种没有生命的东西的嗤笑。

那一瞬间，小林就那么僵在了路口，但他很快就重新打起了精神，不顾一切地冲了过去。

但就在他拐过转角的同时，地面上的影子一下子消失了。那里什么人都没有，门灯无力地照在空荡荡的小路上。

"一个人也没有，过来吧。我们好像太神经质了，其实，根本用不着害怕影子。"

小林招呼道。

世本芳枝终于放下心来，与大江并肩走了过去。

"也许是路过的行人想到了什么好笑的事情吧。"

大江这么一说，小林也附和着笑了，但是世本芳枝的脸上并没有一丝笑容。

"不，不是那么回事！一定是妖怪，就是那个让世本君患病的恶魔。详细情况，到家后跟你们说。好了，快请进吧。"

世本芳枝走到玄关前按响了门铃，里面传来转动门锁的声音。随后，一个长着鹅蛋脸的女佣战战兢兢地探出了头来。好像她也在害怕什么东西。

小林和大江被请到了不算太大的客厅。家具和装饰都十分普通，看得出来这家人过得不算宽裕，但是收拾得十分整洁。

"大概这房子也是租的吧。"

小林暗忖。

不一会儿，世本芳枝端来了红茶。她已经换掉了出门的大衣，穿着一件橙色的连衣裙。

还没等她给两人把茶放好，穿着宽大黑色睡衣的世本静夫，也就是她的丈夫走了进来。

"我最近一直在家养病，这副模样来见二位，还请多多见谅。听芳枝说，多亏了二位……"

世本静夫恭恭敬敬地道谢之后做了简单的自我介绍。

世本静夫是个小有名气的画家，一副潇洒不羁的艺术家的模样，一头长发随意地披散在肩头，大概是没有梳理的缘故，有些乱蓬蓬的。脸色十分苍白，嘴角和下巴都长满了胡茬。他大概有些近视，鼻梁上架着一副蓝框眼镜。

"你在养病，不必勉强，还是请回房间休息吧。"

寒暄过后，大江担心地说道。

世本静夫有气无力地笑了笑：

"不，你们能够来我家做客，实在是求之不得啊。要是只有我们两个在，就会害怕得不得了。说出来不怕你们笑话，我们夫妇大概是被恶魔缠上了。"

"什么？你是说恶魔？不介意的话，能跟我们说说吗？"

大概是出于侦探的好奇心，小林追问道。

"谢谢，其实刚才我已经和芳枝商量过了。小林是非常出色的侦探，大江君又是她同学的弟弟，所以，如果你们不嫌我啰嗦的话，我就把这几天来发生的怪事说一说，也好请你们帮我们拿个主意。"

"不知道我们能不能帮得上忙，总之先请把这几天的情况介绍一下吧。"

"其实说起来，情况也不怎么复杂，只是那怪影子老是缠着我们。我们不知道那影子为什么会出现。听芳枝说，刚才就在大门外，那影子又出现了。你们大概也听到那笑声了吧？说来惭愧，我这个大男人，竟然被这影子和笑声弄得整日心神不宁，变成了这副模样……"

世本静夫说完，满脸尴尬地苦笑起来。

"原来是这么回事。今晚我们已经两次见识到了那个影子。如果说是恶作剧的话，那未免有些太用心了。"

"不，这绝不是什么恶作剧！我能感觉到，那影子背后藏有不可告人的恶意。更可怕的是，那家伙只是个影子，谁也不知道它的真面目。我原本是不信鬼神的，但是那家伙比妖怪还要可怕。"

"那影子是从什么时候开始出现的？"

"一星期前。当时我正在书房里工作，那影子就出现在了窗帘上。我问是谁，但那影子既没有回答也没有动作。正当我感到纳闷的时候，那家伙突然笑了起来。我打了个寒战，仿佛被人当头浇了一盆冷水。当我强迫自己鼓起勇气拉开窗帘看时，窗外阳光明媚，什么人也没有。"

"说不定是逃进屋后的杂木林了。你搜查过脚印吗？"

"我事后调查过，但因为窗外都是草地，没有留下脚印。而且，那家伙无论如何也没有时间逃进杂木林。"

"恐怕不仅如此吧？"

"是的。从那以后，那影子每天都会出现一次。身穿长袍，不戴帽子，头发蓬乱，笑声让人毛骨悚然。"

"每次都出现在书房吗？"

"不，那家伙绝不在同一个地方出现两次。傍晚我坐在院子里的椅子上时，影子便出现在地面上；深夜我走进厨房，原本已经熄灭的电灯却亮着，影子填满了整面磨砂玻璃窗。"

"当时，世本他大叫一声，就倒在地上失去了知觉。"

世本芳枝在一旁小声插话。

"说起来实在是难以启齿，但确实是打那之后，我就患上了失眠和心悸的毛病，变成了现在这副模样。那影子有时出现在书房，有时出现在卧室，从来不说话，只是那样令人毛骨悚然地轻声怪笑，大声呵斥也毫无反应。那家伙什么都没拿走，好像完全没有目的，但正因为这样，才更让人感到害怕。"世本静夫说到这里叹了一口气，又继续说道，"芳枝还好，因为影子只是在我独自一人的时候出现。她之前还一直认为这都是我的幻觉。今天，她终于亲身体会到了这种恐怖。"

小林被这诡异的事件深深吸引住了。那绝不是什么妖怪，他对此确信无疑。这恐怕是远比妖怪还要可怕得多的诡计。

项链的坠子

"你有什么线索吗？比如喜欢恶作剧的朋友啦，或者是对你抱有敌意的人啦……"

小林问。

"一点头绪也没有。"

世本静夫回答时声音很奇怪，像是喉咙里卡了什么东西。随即，他的身体不由自主地抖动了一下，像是要掩饰什么。

这些自然都没有逃过小林的眼睛。但即便他有所隐瞒，再追问下去也不会有什么结果。而且就现在的情况来看，对方只不过是个影子，虽然会发出怪笑，但既不伤人，也不拿走什么东西，这样的话，即便报警，也不可能会有什么效果。

"嗯，依我看，你们最好不要继续住在这么偏僻的地方。如果可能的话，换个地方怎么样？即便影子还是缠着你们不放，搬到热闹一些的地方，危险也会少一些。而且那样对身心健康肯定有利。"

"我也是这么想的。像这样令人胆战心惊的房子，我一天也……"

世本芳枝的话戛然而止，因为众人眼前突然一片漆黑，房子里所有的灯都灭了。

"可能是故障……"

黑暗中，不知谁说了这么一句，随即再也没有人说话，四个人都紧张地屏住了呼吸，不约而同地看向窗口。

大概只有这家的线路发生了故障，窗外的路灯朦胧的灯光透过窗口照了进来。突然，一个巨大的黑影塞满了几乎整个窗口。

是幻觉，是心理作用。

虽然一再自我暗示，那黑影却越发清晰起来。

是人影，正如世本静夫所说，头发蓬乱，肩膀以下逐渐展开，像是穿了件披风。

是他，就是那个家伙，说不定他之前就一直站在窗外，听四个人谈论他的事情。因为所有的灯都灭了，才会把他暴露了出来。

影子一动不动，发出了诡异的笑声，仿佛正在嘲笑屋里的四人。因为隔着窗户，那笑声更加恐怖，仿佛出自一个八九十岁、牙齿都已经掉光了的老人的喉咙深处。

突然，小林站起身来，大步朝窗口跑去。黑暗中碰倒了客厅里的椅子，发出"砰"的一声巨响。几乎是同一时间，大江也起身冲向了窗口。两人几乎同时赶到，一起用力推开了窗户。

冷风一下灌进了房间。

窗外什么也没有。那家伙逃之夭夭了？还是像世本静夫说的，窗外原本就只是个没有实体的妖怪？

两人探身出去四下查找。就在这时，屋里的灯重新亮了起来。灯光透过窗口洒到院子里，不大的院子所有的角落都隐约可见，但还是没有任何人的影子。

世本夫妇已经吓得缩成了一团，世本静夫死死盯着窗口，世本芳枝则趴在丈夫的腿上抖个不停。

"喂，咱们去院子里搜查一下！"小林向大江招呼道。然后又转向世本静夫，"有手电吗？"

"啊，有，有，稍等。"

世本静夫终于回过神来，不多时拿来两个手电，分别交给了小林和大江。

两人拿着手电在院子里展开了地毯式的搜查。不大的院子很快就搜遍了，没有任何有人闯入的迹象。

回到房间的时候，小林的右手紧紧攥着什么，好像是非常重要的东西。

"看到这东西，你能想到什么吗？"

小林摊开手掌，是一个金光闪闪的小东西。

"好像是项链的坠子。"

世本静夫盯着看了一会儿说道。

"会不会是你掉的？"

"不，我们俩都没有这种东西。你是在哪里发现的？"

"窗外的草地上。手电照过去闪闪发光，所以一下就看到了。最近，除了你们夫妇，有没有什么人在院子里走动过？"

"倒是有客人来过，但是没有人去过院子里。而且，他们也不像是会有这种东西的人。"

"这么说，这东西也许是那家伙掉的。"

"啊！"

"打开看一下，里面到底藏着什么。"

坠子在四人的注视下"啪"的一声打开了。

"是照片，是女人照片！"

小林芳雄、大江光一、世本静夫轮流把它拿在手上仔细观看，都不认识照片上的女人。最后轮到世本芳枝时，她只看了一眼，就不由自主地惊呼起来。

"你认识这人？"

"嗯……不，不对，不认识。乍一看很像一个人，但再仔细看看，又不是。"

世本芳枝不自然地垂下双眼，脸颊涨红。

那是一个大概三十岁的美丽女人，梳着老式发型，而且照片已经微微泛黄，可见这是一张老照片。

"她肯定知道些什么。想要靠这么蹩脚的说辞敷衍过去。"

小林的疑虑更深了。

"这坠子暂时由我保管。我想深入调查一下。"

世本静夫稍显为难地看向妻子。世本芳枝极不自然地说道：

"这样最好。毕竟是妖怪的东西，留在这房子里太可怕了。"

于是，小林将坠子放进了口袋里。

时间已经过了午夜，世本夫妇再三邀请两人留宿，但两人还是婉言谢绝了，只是约定明天下午再来拜访。

绿色的影子

一觉醒来，时已过午。

大江给小林打去了电话。

"大江君，真对不起，我现在有访客，一时脱不开身。你先去吧，我稍后就到。"

于是大江叫了一辆出租车，自己先行一步。

到达代代木的时候，暮色已经十分浓重了。走过昨晚的树篱间的小路的时候，他不由得有些战战兢兢。

世本家静悄悄的，简直就像是一栋空屋。但门廊一侧的窗户透出了灯光，那里应该是书房。大江就以这灯光为导引，走进了小院。

淡黄色的窗帘拉得严严实实。

"世本静夫此时大概就脸色苍白地坐在里面吧。"

大江这样想着走了过去。

突然，一个人影映在了窗户上。

果然在这里。

这样的念头一闪而过，他很快就发现那根本不是世本静夫。蓬乱的头发、宽大的披风，是那家伙！

大江大吃一惊，不由得心跳加速。

等一等，那家伙这回不是在屋外，而是在房间里了！

"不能让对方察觉，这是千载难逢的好机会，只要悄悄摸到窗边，从窗帘的缝隙里看过去，就能看到那家伙的真面目了。"

他屏住呼吸，蹑手蹑脚地走到窗前。但遗憾的是，窗帘拉得严严实实，根本就没有一丝缝隙。

"那就只好先悄悄进屋再随机应变了。"

大江踮着脚尖来到玄关，却发现大门敞开着。

"来不及打招呼了，稍后再道歉吧。"

这样想着，他连鞋也顾不上脱，径直走了进去。

就在这时，一声惊叫传了出来，那不是女人的声音，是男人，简直就像是某种野兽的嚎叫。难道是世本静夫？

大江再也顾不得不发出声响了，三步并作两步冲到了书房门外。房门紧闭，好像从里面上了锁。

"世本君，世本君！"

他大喊道。但书房里又重新变得一片死寂，一点声音也没有。

"喂，里面有人吗？世本君，我是大江光一！"

还是没有人回答，却传来了诡异的笑声……是那笑声！是那家伙的笑声！

"谁？谁在里面？"

对方只是笑个不停。

又过了一会儿，笑声越来越小，最后突然消失了。

大江只觉得浑身冰凉，真想掉头就跑。但一想到世本静夫可能就在书房里，无论如何也不能就这么一走了之。

突然，他发现从书房门上的钥匙孔里透出一丝光亮，连忙蹲下身去，把眼睛凑了上去。

从钥匙孔里看过去，是书房的正中央。那里的地板上躺着一个人，正是世本静夫。在他身下，一片殷红慢慢扩大，是血！

大江见状再也顾不上其他，猛地站起身来，使足了全身的力气向房门撞去。一次，两次，三次……书房门终于被撞开了。

大江立即冲了进去。

除了躺在地上的世本静夫，书房里空无一人，窗户开着，淡黄色的窗帘轻轻地飘荡着。凶手多半翻窗逃走了。

"世本君！世本君！"

大江蹲在倒在地上的世本静夫身边，只见宽大的黑色睡衣的前襟敞着，里面的白衬衫上沾满了血迹。世本静夫脸上毫无血色，牙关紧咬，双手在胸前紧紧攥着，实在是惨不忍睹。

大江极力克制着自己想要逃走的念头，颤抖着伸出手去，想要探一下世本静夫的脉搏。就在手指快要触碰到世本静夫手腕的时候，突然后脑遭到一记重击——不知什么时候，那妖怪已经出现在了他的身后。

　　大江下意识地回头看了一眼，在失去知觉的一瞬间，一个诡异的形象映在了他的视网膜上。是人？遗憾的是，此时他的大脑已经无法分辨视网膜上映出的形象了，只觉得那是一抹绿色，极其鲜艳的绿色。如果能够死里逃生，他一辈子也忘不了那么鲜亮的绿色。

尸体不翼而飞

三十分钟后，小林来到世本家。

"不好，出事了！"

一进院门，他就感觉到了一种异乎寻常的氛围。敏锐的直觉使他加快了脚步。玄关处的大门敞开着，里面鸦雀无声。客厅的地板上有一块长方形的光，应该是哪个房间的门没有关，里面的灯光照了出来。不，不仅如此，那里还有穿着鞋的一双腿。那鞋……那裤子……

"是大江君吗？"

小林冲了进去。

大江倒在地上，脸色惨白，毫无知觉。

"喂，快醒醒！到底怎么了？"

小林扶起大江，摇晃着他的肩膀，大声呼喊着。

好一会儿，大江终于醒了过来，但浑身使不出力气，连站都站不起来。

"快看看窗帘后面，是个绿色的家伙……"

大江有气无力地嘟哝道。

"你说什么？绿色的家伙？"

"嗯，我没能看清楚那家伙的长相，但是个绿色的家伙。那家伙，影子，终于杀人了！"

"果然！但是你说的杀人是指？究竟谁被杀了？"

"是世本静夫。不就倒在那里吗？"

大江勉强抬起无力的右手，指了指书房里。

小林顺着他手指的方向看去，哪有什么尸体。但是地板上确实有一块很大的血迹。起初的惊愕过后，小林马上意识到，尸体不翼而飞了！

"你看，这里根本没有什么尸体，只有一滩血。"

大江闻言满脸的不可置信，艰难地转过头去看向书房里，目瞪口呆地半晌没有说话。

"快找！也许爬到什么地方去了。还有，芳枝呢？"

"好，你等一等，我这就去叫医生来，不要乱动！"

小林说完，跑出书房，打开了房子里所有的灯，逐个房间仔细搜查。这房子里连个人影都没有。

最后，他打开了厨房的玻璃门，又摸索着开了灯。

"啊，这不是昨天那个女佣吗？"

昨天给他们开门的鹅蛋脸女佣被人五花大绑，嘴里塞着毛巾，眼睛也被蒙上了。此时正奋力挣扎着，嘴里发出含混不清的支吾声。

小林急忙给她松绑。

"别哭，别哭，这到底是谁干的？"

过了好一会儿，女佣才终于停住了哭声。

"我当时正在洗东西，冷不防有人从背后用湿漉漉的毛巾堵住了我的嘴，又蒙住了我的眼睛。"

"有没有看到那人的长相？"

女佣还是抖个不停：

"没有……但是……被蒙住眼睛的一瞬间，眼前闪过了一抹绿色。"

她想了想，又补充道：

"是像草一样的绿色。"

又是绿色。女佣和大江看到了同样的颜色。

女佣说，她被五花大绑后扔在了地上。接着，书房传来了可怕的声音。再后来，她听到了猛烈的撞门声……

也就是说，她被绑起来发生在凶杀案之前。

"夫人呢？"

"什么？不好了，夫人可能也被那家伙……"

女佣又哭了起来。

"这么说，夫人没有外出？"

"嗯，她说有客人要来……"

世本芳枝在等小林和大江两人。

"有电话吗？"

"邻居家有。"

"你知不知道这家有没有什么亲戚或者关系比

较密切的朋友？"

"不知道，我是一星期前才来的。"

小林觉得从女佣嘴里再也得不到什么有价值的线索了，于是起身向屋外跑去。

不一会儿，他和隔壁的邻居一起回来了。

在医生赶到之前，四个人都待在书房里。小林一边照顾受伤的大江，一边安慰受惊过度的女佣，还向邻居简单介绍了发生的情况。

不料在此期间，竟然又发生了与昨晚一样的怪事。

房子里所有的灯都灭了。漆黑的房间里，由于屋外远处的灯光，那扇窗子格外显眼。

很快，窗帘上映出了巨大的人影，可以清楚地看到蓬乱的头发和宽大的披风，面部的剪影异常清晰，嘴唇弯成了一道诡异的弧线。然后，就像是在嘲笑房间里的人似的，又响起了那令人毛骨悚然的笑声。

我们把时间倒退两分钟，来看看窗外究竟发生了什么。

天空被夕阳映照得一片火红。以此为背景，所有的灯都灭了的世本家的二层洋房黑漆漆地矗立在那里。一个黑影从黑暗中蹿了出来，是披着黑色披风的男人。他是从厨房那里出来的。这样说来，他会不会就是拉下了房子的总电闸的凶手呢？

黑影来到书房窗前，手里拿着一个圆筒状的东西。他把那东西放在距离窗口五六米远的地面上，一头对准了窗口。随后，只听"咔嚓"一声，一个巨大的光圈笼罩在了窗户上。那道黑影猛地站起身来，直挺挺地站在那道光圈之中，上半身在窗户上清晰地投下了影子。

与此同时，我们看到了他被光圈照亮的另一侧。

蓬乱的红发，长脸，没有胡子，眼睛细而有神，鼻梁挺拔，嘴唇异样地扭曲着，脸上有几道月牙形的伤疤……

随后，那家伙笑了起来，是那个令人毛骨悚然的声音，让人觉得仿佛全身的血液都凝固了一般。

书房里鸦雀无声，但片刻之后，就会有人冲出来。

那妖怪一边笑，一边默默地掐算着时间。

一秒，两秒，三秒……书房里有动静了。那家伙以令人瞠目的速度捡起地上的东西，转身逃开了。

书房的窗帘被猛地拉开，里面亮起了刺眼的白光。是手电，不知什么时候准备好的。小林拿着手电翻窗而出，但那家伙早已不知逃到什么地方去了。

小林芳雄的推理

世本家被警车围得水泄不通。

当地警署的搜查主任和警官们，还有警视厅的警官们都先后赶到了现场，中村警部也在其中。

医生赶来后，大江接受了简单的治疗，随后中村警部派车把他送回了家。

警官们分成好几组，仔细搜查了每个房间，但没能找到任何线索。

现场留下的唯一线索，是书房地板上的血迹。法医鉴定之后，认定这确实是人的血液，而且如此大的出血量，受害人肯定已经死了。

搜查结束后，小林对中村警部说：

"我有一个小小的发现，请看这里，这里的血迹有明显拖拽的痕迹。如此大的失血量，受害人是不可能自己爬出去的。也就是说，是什么人拖走了尸体。"

"是啊。但是如果是拖拽的话，应该会有更多的血迹才对，毕竟受害人流了那么多血。但血迹在这里突然消失了，这实在是有些奇怪。"

"我也注意到了这一点。除了这里，屋里屋外都再没有一丝血迹。看来，凶手一定是把尸体装进了箱子之类的东西里带走了。"

"嗯，有道理……可是，动机呢？"

"这个稍后再说。请先跟我到院子里去，那里有重要线索。"

小林拿着手电当先引路，中村警部带着几名警官跟了过去。到了院子里，这几名警官也都打开了手电，于是好几个光圈在草地上来回游弋。

"一般来说，我们正常行走的时候是不会在草地上留下脚印的，但请看这里，竟然留下了这么深的脚印。"

众人顺着小林手指的方向看去，果然，草地上留下了很深的脚印，而且以大概三十厘米的间隔向后院延伸。

"我想，应该是因为凶手扛着某种很重的东西，才会留下这么深的脚印。"

"你是说……装有尸体的箱子？"

"是的。那家伙的力气可真是不小啊。而且，你们看，脚印不止这一串，这里还有，而且差不多深。"

两串脚印几乎是平行地向后院延伸。

"凶手还扛了其他什么重物。我想，那恐怕就是世本芳枝吧。还不清楚她是否也已经遇害，但这些脚印至少说明，他们夫妇二人都被人带走了。"

"那我们这就沿着脚印追下去。"

一行人打着手电开始了追踪。很快，他们就沿着脚印来到了后院树篱的一个角落。小林把手伸进去摸索了一阵后转头对大家说：

"这里有一个秘密出入口。"

说着，他用力推了一下树篱，两米左右的树篱就像篱笆门似的打开了。

　　树篱外是稀疏的杂木林，脚下是松软的黑土，平时根本没有什么人来这里，所以尽管是晚上，凶手的脚印却极其醒目。

　　经过调查，共有六串脚印，三串通往院内，三串从树篱边缘延伸向杂木林。而且其中有两串脚印明显比其他脚印要深不少。

　　"凶手先是从这里进到了院子里，扛出了某种重物，处理好之后返回院子里，又扛出了某种重物，再处理好之后又一次返回院子里——就是这一次，书房的窗户上映出了影子，最后从这里离开。我想，这六串脚印清楚地说明了这一作案过程。"

　　小林的推理无懈可击。

　　"那么，凶手分两次扛出的重物被运到哪里去了呢？请看这里，这就是线索。"

　　沿着脚印走出大概三十米后，地面上赫然出现了十分清晰的汽车轮胎的印记。

　　在意想不到的地方有一条近路，比起绕到大门口，这样要方便得多。

根据推算，凶手逃走已经一个小时了。中村警部向警视厅汇报了这一情况，警视厅指挥中心立即下达了设卡盘查的命令。

脚印并没有什么明显的特征，只是尺码特别大。警方对轮胎印也做了详细的调查，但四条轮胎都已经很旧了，上面的花纹已经严重磨损，所以没能发现任何有价值的线索。

"这样的案子还是第一次遇到啊。劫持貌美的夫人还可以理解，但是为什么要特意运走丈夫的尸体呢？这不是自找麻烦吗？"

中村警部小声嘟囔道。

小林说："凶手大概不是正常人吧。只要想到那诡异的影子和令人毛骨悚然的笑声，就明白那家伙的思维绝对异于常人。假设凶手跟世本夫妇有某种深仇大恨，所以在杀害他们之前要让他们尝尽痛苦，那么影子和笑声恐怕就是折磨他们的一种手段。事实上，夫妇二人也确实因此惶惶不可终日，世本静夫甚至还因此病倒了。终于，今天，凶手对世本静夫下了毒手，但是在现场留下了大量的血迹。为什么没有采取不流血的杀人方法呢？我们不得而知，但无论怎么看这都是失策。

"正在这个时候，不速之客闯入了杀人现场，这就是大江。于是，凶手只好藏起来，伺机将大江打晕了过去，然后趁机运走了尸体和世本芳枝。至于再次返回现场，肯定不只是为了让我们看到那个影子。我想，他是想回来处理地上的血迹的吧。

"尽管大江看到了案发现场，但他已经完全失去了知觉。如果醒来时那里既没有尸体，也没有任何血迹，恐怕至少会造成他记忆的混乱吧？这样一来，至少会让这次的杀人事件变得扑朔迷离。毕竟大江和女佣都没有看到凶手的真面目。

"但当他再次返回现场时，我已经赶到了，也已经给女佣松了绑。于是，凶手只好退而求其次，放弃了处理血迹的想法，而是以影子和笑声吓唬我们，增添这次案件的诡异性。"

"太棒了，不愧为明智大侦探的得力助手。但是，这里面还有一些难以解释的地方。这次的凶手恐怕不好对付，看那家伙的所作所为，简直就是个疯子。无论如何，当务之急是找到生死不明的世本芳枝。"

"当然。凶手带着世本静夫的尸体和生死不明的世本芳枝有诸多不便，说不定可以很快破案。而且，这显然是一起有预谋的案子，可以先从被害人的人际关系入手，排查世本夫妇所有的亲戚和朋友。"

说话间，众人再次回到了书房，中村警部打开书桌抽屉，开始仔细检查。

房间里的低语

　　案发当晚，麻布高台的一家酒店门前驶来一辆豪华轿车。那是一辆市面上难得一见的老爷车。酒店门前的服务员跑过去替客人打开了车门。

　　从驾驶席上下来的人个头很高，大概三十岁，穿一身绿色西装，就连领带也是绿色的。服务员又打开后排车门，只见后排座位上并排放着两个大箱子，看样子是他自己开车来的。

　　"我叫柳田，今天早晨打电话预订了房间，请问安排好了吗？"

　　"当然，已经安排好了，请跟我来。"

"请帮我把车上的箱子搬到我的房间。箱子很重，要注意，那里面装着许多珍贵的资料。"

那是旅行用的大皮箱，足有五十厘米厚，要两个人合力才能抬得起来。服务员费了好大劲儿才把两个皮箱都抬到了二楼的房间。

酒店经理在大堂笑脸相迎：

"欢迎，欢迎，先生，根据您在电话里的吩咐，我们特地为您留了一个最安静的房间，希望您能满意。"

"谢谢。有些重要的东西要查阅，所以才会带来这么多珍贵的资料。家里总是访客不断，实在很难集中精力。我准备把自己关在房间里几天。"

柳田一边在登记簿上填写相关信息一边解释道，然后预付了五天的费用，由服务员引路上了二楼。

房间在二楼走廊尽头，足有二十平方米，还有一个六七平方米的卫生间。整个房间古色古香，房顶上吊着巨大的吊灯，壁炉上还装着一面偌大的镜子。

柳田坐到椅子上，摘下了绿色的礼帽扔到一旁的桌上，露出了一头蓬乱的卷发。没有胡子的长脸上有一条十分醒目的疤痕，就在右侧脸颊上。

"这里除了我，还有其他日本客人吗？"

"没有，只有您一位日本客人。我们很少接待日本客人。现在酒店里还住着一位东欧客人、一位中国客人和一对英国夫妇。"

"那么我隔壁房间住的是什么人？"

"是空房间，暂时没人居住。"

柳田站起身来，走到墙边抬手敲了敲，这是很厚的混凝土墙，还贴了壁纸。

"隔壁房间即便有客人，声音也不会传到这边来吧？"

"是的，这是我们酒店的特色，为客人提供绝对安静舒适的休息环境。"

"原来如此，最适合我在这里查阅资料了。"

"请问您的车怎么办？"

"我这就让人把车开回去。这是我从租车公司租来的。"

"好的。这是房间的钥匙。如果有什么吩咐的话，请随时用房间里的电话联系。"

"好，好。我这就打电话给租车公司，一会儿有人来取车的时候就不必通知我了，让司机把车开走就好了。今晚没有什么事了，我要抓紧时间工作了。明天早上之前，我不希望任何人来打扰我。"

服务员答应一声退出了房间，随即就传来了房间里锁门的声音。

第二天早晨八点，柳田从房间里打来电话，让服务员把早餐送到房间，还要了几份报纸。看起来他应该饿坏了，面包和牛奶竟然都要了双份。

"就放在桌子上吧。等我吃完会再打电话通知你来收拾的。"

服务员把早餐放在桌子上的时候，习惯性地快速扫视了一圈。房间里并没有什么异样，桌子上堆满了各种资料，硕大的笔记本摊开着，旁边还有一支钢笔。一个皮箱的带子已经解开了，这些东西恐怕就是从那里面拿出来的吧。

早餐过后不久，柳田又打电话把服务员叫了上去。这一次，他已经换好了一身黑色的西装。

"我要出去一下。刚才我已经打电话订好了车。过一会儿，昨天晚上的那个司机会把车开来。他一到就通知我，我要把这个箱子送到公司去。"

不一会儿，车来了，不是昨晚那辆老式奔驰车，而是最新款的丰田轿车。

柳田让服务员把一个皮箱搬到车上，亲自驾车离开了酒店。

"这位客人真是奇怪，明明叫了车却又要自己驾驶。"

服务员们交头接耳地议论着。

大约一个小时后，柳田回来了。后排座位上的皮箱已经不见了，看来已经送到了公司。

当他走进酒店大堂的时候，几个服务员正在小声议论着什么。

"你们说的是代代木的凶杀案吧？"

柳田在他们旁边经过时笑着说。

"是的……"

"太可怕了，据说凶手把尸体藏了起来。你们能想象究竟藏在了什么地方吗？"

"这……"

"埋起来？这也太老套了。扔进河里？你们知道吗，人死之后尸体很快就会腐烂，会产生很多气体，尸体就会像气球一样膨胀起来，然后就会浮起来，即便绑上什么重物也不能保证一直沉在水底……"

柳田似乎对这个案子特别有兴趣，滔滔不绝地说了许多。

"警方到现在还没有发现尸体吧？看来犯人实在是个足智多谋的家伙啊，想必隐藏尸体的地方和方式都十分有趣。哈哈哈……"

他留下瞠目结舌的服务员们，笑着上了楼梯。

"那人有点不太正常吧？"

"嗯，是不正常。昨天晚上，他独自一人在房间里嘀咕了好长时间。"

"你听见了？"

"嗯，差不多两点吧，六号房间的客人回来了，我带他上去后正要下楼，听见有说话的声音，但不知是哪个房间传出的，觉得奇怪，于是一个房间一个房间地听过去，最后发现原来是他的房间。"

"你偷听了？"

"我只是悄悄来到房间门口站了一会儿，听见他在自言自语。可说话的声音和语气，好像房间里还有其他客人。"

"说了些什么？"

"没听清楚，但那语气好像是责备什么人。"

"他会不会是个作家，在房间里读自己写的小说？"

"不可能，哪有作家还要去公司上班的？"

"那会不会是说梦话？"

"绝对不可能是说梦话。说话的时候还能听到房间里来回踱步的脚步声呢。"

就在服务员们低声议论的时候，柳田已经回到了自己房间。他一路笑个不停，那样子实在有些可怕。

确认留在房间里的另一个皮箱没有异常后，他重重地坐到椅子上，从口袋里掏出两样东西。是一张纸和一把钥匙。纸上印满了密密麻麻的小字，字里行间还有用铅笔写的什么字。柳田把这两样东西装进一个信封，叠得小小的，塞进了钱包里。

"这样就行了。"

他似乎十分满意，随即站起身来开始换衣服，又换上了那身绿色的装扮。

箱子里的女人

又过了两天。

上次回来后，柳田一直闭门不出，一日三餐都让服务员送到房间里。只是他的饭量还是相当大，每次都要两份饭菜。

一到深夜，他的房间里就会传出他的自说自话，服务员不免有点担忧起来，于是每晚都会悄悄来到门口偷听。然而，即便把耳朵贴在门上，也听不清他究竟在说什么。

第四天早上，柳田入住以来第一次去浴室洗澡。

在跟着服务员去浴室的路上，柳田吩咐道：

"房间已经三天没打扫了。今天我可能就要退房离开了，之后请好好打扫一下。不过在那之前，不仅是你，希望任何人都不要进去。我洗澡的这段时间也不要让任何人进去。明白了吗？"

服务员听他这么说，反而更激起了强烈的好奇心。柳田一进浴室，他就找出酒店的备用钥匙，来到了柳田的房间。

他这些天究竟在干什么？也许看看笔记就明白了。这样想着，服务员打开了桌上的笔记本。奇怪的是，本子上什么都没有，完全看不出通宵达旦工作的迹象。堆在桌上的其他东西也不过是些列车时刻表之类的无聊的东西。

"通宵查阅这种东西，究竟能有什么意义呢？"

正这样想着，背后突然传来了轻微的咯哒咯哒的声音。

服务员大吃一惊，手忙脚乱地准备逃走。但当他回头看向声音传来的方向的时候，发现那里根本没人。只有柳田带来的一个大皮箱，咯哒咯哒的声音就是从皮箱里传出来的。

这是怎么回事？难道皮箱里有什么活的东西？

服务员直愣愣地盯着箱子。

是的，就是那个箱子，正在微微颤动，好像有什么东西正在里面动个不停。而且箱子颤动的幅度越来越大，终于由颤动变成了晃动。

服务员被吓坏了，但光天化日之下，总不至于有什么妖怪吧？强自定了定心神之后，服务员壮起胆子走到箱子跟前：

"谁？谁在里面？你等等，我这就打开箱子。"

服务员说着就解开了皮箱上的带子。但没有钥匙。就在他四下摸索的时候，不知碰到了什么地方，"啪"的一声，锁开了。

一番短暂的纠结之后，他把牙一咬，打开了箱子。

浓密的黑发、苍白的脸……

女人！是个女人！嘴里塞着毛巾，手脚都被捆绑着，以一种十分怪异的姿势蜷缩在箱子里。

"怎么回事？是那个柳田干的？"

服务员一时间血气上涌，再也顾不得其他，三下五除二就给那女人松了绑，半扶半抱着让她从箱子里出来了。

项坠里的照片

与此同时，警方的搜索也一直没有停止。

就在服务员发现箱子里的女人的前一天，小林站在麻布一处豪华住宅门前，抬头看着门牌。

门牌上醒目地写着：夏目菊次郎。

"我叫小林芳雄，是为世本芳枝的事特意登门拜访的。"

小林按响门铃后递上了名片。

开门的寄宿生冷漠地反问道：

"你是警察吗？"

"不，我不是警察，但我参与这起案件的侦查。"

"请在这里等一下。"

寄宿生态度生硬地回了这么一句，就转身进屋了。又过了一会儿，他板着脸回来了：

"我家主人说，就是请你进来也没什么可说的。他已经把知道的都跟警察说过了。"

"别误会，我不是来问话的，而是有话对你家主人说，还有重要的东西要给他看。请你再通报一次……还有，可以把我当作芳枝小姐的朋友。"

小林费尽口舌，终于被请到了客厅。

夏目菊次郎年近六十，脸色浅黑，身材消瘦，花白的头发整齐地梳向两边。

"我从警视厅中村警部那里打听到，您是芳枝小姐的伯父。今天冒昧打搅，是为了给您看一样十分重要的东西。"

小林直入正题。

"我确实是她的伯父，但是这两三年来几乎没有任何往来，所以关于她的情况，我知道得并不多。"

夏目菊次郎一副拒人千里之外的样子。

他是好几家公司的大股东，是个名副其实的

大富豪。

"这个我也听中村警部说过了。据说是因为芳枝小姐和世本的婚事？"

"是的。芳枝是我弟弟的女儿，身世十分可怜，在她还没长大成人时就失去了双亲。而且她的父母不但没有给她留下任何遗产，还欠了一大笔债。我收养了她，一直对她视如己出。但三年前，她竟然丝毫不顾及我的反对，跟那个男人私奔了。从那以后，我就不用说了，她还有另一个伯父，也跟她断绝了关系。"

只是因为这样就恩断义绝了吗？这里面会不会还有什么其他原因？

小林暗自思忖。

"虽说是她自作自受，但发生这样的事情，也实在是太可怜了。不管怎么说，我就这么一个侄女，无论如何得设法救她。你说要给我看一样十分重要的东西，是什么？"

"我在世本家发现了这张照片。我想您或许认识这上面的女人。"

小林说着，递上了在世本家院子找到的那个项链坠子里的照片。

夏目菊次郎戴上眼镜，小心翼翼地捏着照片仔细端详。

"这照片是很久之前的吧？啊……这，这是……这是我母亲的照片，也就是芳枝的祖母。她怎么会有这张照片？"

果然不出所料，世本芳枝是知情者。但是，她当时为什么要隐瞒呢？

"不，这照片不是芳枝小姐的，好像是本案的凶手掉的。"

小林把发现项链坠子的经过简单地介绍了一遍。

接着，他又把项链坠子托在手掌心上伸到了夏目菊次郎面前，目不转睛地盯着他的脸说道：

"我想这坠子您也认识吧？"

果然，夏目菊次郎一看到坠子立即脸色大变。

"不，不，我不知道，一点也不知道。"

尽管极力否认，但那种狼狈实在很难掩饰。跟世本芳枝当时的表现完全一样。他们究竟知道些什么？这个坠子的主人到底是谁？

看到坠子后，夏目菊次郎的态度大变，无论小林问什么，都说不知道。

"我已经没什么可说的了。实在对不起，我还有一些急事要处理，请回吧。"

"那我就告辞了。最后还有一件事情要告诉您，那就是凶手的服装。我的朋友和世本家的女佣都证实说，凶手身着鲜艳的绿色服装。这样的衣服恐怕不太常见吧？关于这一点，您知道些什么吗？"

"我怎么会知道那种事情！请回吧！"

夏目菊次郎摇摇晃晃地站起身来，虽然嘴上十分强硬，但脸色已然十分苍白。特别是听到"绿色"的时候，他的脸上明显掠过了一丝震惊。

他究竟知道些什么呢？

绿色的小屋

告辞出了夏目家的大门，小林并不想就此离去。凶手说不定就藏在这偌大的宅院里。夏目菊次郎也许已经知道了凶手是谁，说不定他会偷偷地放那人离开。

就在这时，横巷里驶出一辆自行车，停在了夏目家的厨房门口。骑车人好像是酒店的推销员。

小林赶紧跑过去喊住了他。

"喂，我是警察，想跟你打听一些这家的情况。"

"啊，是有关代代木的凶杀案吧？据说这家的侄女被绑架了。"

"嗯，是的。我想了解一下这家人的情况。请问，除了主人，这家还有什么人？当然用人们除外。"

"不算用人的话，就只有夏目先生自己了。他太太已经过世了，倒是有个儿子，但是不住在这里。"

"您说的这个儿子，今年多大？"

"好像二十七八？是个疯子，住在别处。"

"疯子？"

"说是疯子也不准确。他只是对某种颜色特别偏爱，已经到了偏执的程度。"

"是不是绿色？"

"你怎么知道？就是绿色，而且是十分鲜艳的绿色。"

"那你知道他住在哪里吗？"

"这我可不知道。不过应该离着不远。除了夏目先生，据说连家里的用人都不知道。"

"太感谢了。请务必不要对这家里的人提起我。"

与推销员告别后，小林仍然没有离开，而是躲在横巷里监视大门和厨房门口的动静。

　　没过多长时间，果然不出所料，夏目菊次郎独自一人从大门出来了。

　　他似乎不想被人发现，一出门便脚步匆匆。

　　小林跟了上去。

　　此时天已黄昏，借着渐渐昏暗的天色跟踪真是再合适不过了。

　　转过几个路口后，夏目菊次郎来到一条行人稀少的住宅街上，一直走到了道路尽头。那里有一扇漆成绿色的小门，两侧是竹篱笆，他的身影消失在了门里。

　　这里应该就是那个推销员说的夏目菊次郎的儿子住的地方了吧？小林走近一看，果然，门牌上写着"夏目"两个字。

　　一想到那影子和笑声，就连身经百战的小林也不由得有些忐忑起来。但相比之下，他更想知道夏目菊次郎准备怎么处理这件事。难道给他一笔钱，让他远走高飞？

小林藏身在树篱后面，一动不动地监视着。

出乎意料的是，夏目菊次郎很快就出来了。难道那家伙不在？

等夏目菊次郎走远，小林悄悄潜了进去。

一进门，他就感到一阵晕眩。这是一栋小巧精致的木制洋房，触目所及的所有地方都被涂成了绿色。

走上绿色的台阶，按响绿色的门铃，绿色的门悄无声息地开了，一身绿色服装的老妇人出现在门里。不可思议的是，她的头发居然也染成了绿色。

"请问，这里是夏目君的住所吗？我是警察。"

听他说自己是警察，老妇人顿时连脸也仿佛变成了绿色。

"我家主人外出了。"

"这我知道。我有事要问你。在这里说话多有不便，我们进去说吧。"

老妇人也许是被警察的身份震慑住了，十分顺从地把小林让进屋，领到了书房。

书房里从天花板到地面都是绿色的。桌椅、书橱等一应家具自然也是绿色的。就连书桌上的摆件、墙上的镜框和时钟的指针都是绿色的。

"别紧张，我不会为难你的。但你必须把你知道的情况毫不隐瞒地都告诉我。"

"好……好的。"

"这房子的主人叫夏目……什么来着？"

"主人叫夏目太郎。"

"他是什么时候离开的？"

"嗯……前天。那天，他说要租一辆汽车，然后自己开车离开了，之后就再也没有回来。"

如果是前天，正是代代木凶杀案案发的那天。

"他平时总是自己开车吗？"

"不，前天是第一次。他说他刚学会开车，要多练练，所以就把租车公司的司机打发回去了。"

"他出门前有什么异常吗？"

"有，有。他出门前不知去了什么地方，足有两个小时，回来的时候天已经黑了。他一到家便急匆匆地打电话给租车公司，在电话里说了老半天。车一来，他就把司机打发走了，然后就自己开车出去了。这中间，我端茶给他，他连头都不回。问他要不要吃饭，他竟然很生气地冲我大嚷：不吃不吃，别来烦我！他走的时候什么都没说，但是看起来很不高兴，还慌慌张张的。"

"听说你家主人是个疯子？会不会对你动粗？"

"那倒没有。不过您也看到了，他喜欢绿色已经到了发疯的程度，就连我这老太婆的头发都被要求染成了绿色。要不是老爷给得钱多，我可实在不想伺候这么个主人。"

"除此之外他还有什么不正常的吗？"

"其实，他比普通人聪明得多，读了很多书。但是，他总是动不动就十分消沉，常常把自己关在房间里一言不发。也有时候十分暴躁，在外面不知跟什么人大吵一架回来。大概是四五年前吧，他在银座跟人打了起来，被人在脸上划了一刀，留下了很大一条伤疤。"

"有他的照片吗？我想要一张。"

"照片的话，这抽屉里应该有一本相册的……"老妇人翻找了半天，小声嘟囔道，"奇怪，明明是在这里的……难道是他自己拿走了？"

老妇人又找了其他地方，还是没找到相册。

小林四下打量，发现墙上挂的镜框里都是放大的女人照片——都是世本芳枝的照片。

"你知道这照片上的人是谁吗？"

"知道，她是老爷的侄女，叫芳枝。"

"看来你家主人很喜欢她啊。"

"那是自然。毕竟是青梅竹马一起长大的嘛。我家主人是打算跟她结婚的，但是她是个忘恩负义的家伙，三年前竟然跟人私奔了。"

小林茅塞顿开，顿时明白了世本芳枝为什么要对他隐瞒，以及夏目菊次郎的态度。

这下嫌疑人以及作案的动机都十分清楚了，接下来就是要找到夏目太郎了。好在有租车公司这条线索，只要顺藤摸瓜，应该不会太难。

小林安抚了一下老妇人便告辞离开了。随后立即赶到了租车公司。但不巧的是，那个司机并不在公司。等到司机回来，弄清楚夏目太郎的所在，已经是第二天早上九点了。

小林将掌握的情况报告了中村警部。中村警部立即带着三名便衣刑警赶到租车公司，接上小林，直奔酒店。

消失的凶手

"你是什么人？为什么会在箱子里？"

服务员瞠目结舌。

虽然已经松了绑，嘴里塞着的毛巾也取了出来，但女人已经几近虚脱，瘫软在地板上只是大口地喘息，一句话也说不出来。过了好久，她终于勉强抬起头来，吃力地乞求道：

"快，快报警……"

"你果然是被绑架的？"

"是的。不仅如此，住在这个房间的家伙还杀了我丈夫。"

"什么……难道你是代代木的……"

"是的,我家住代代木,叫世本芳枝。快,快报警,快!"

"什么,这……请稍等一下!我这就去叫经理来。"

"好,只是一定要赶快……"

服务员转身冲向房门,正想开门,没想到房门被人从外面打开了。一身绿衣的柳田不知什么时候已经站在了那里。

"果然不出我的所料!刚才就看你神色不对,所以我连澡也没洗就赶回来了。果然,被我堵了个正着。"

自称柳田的夏目太郎目露凶光,慢慢跨过房门,反手从里面上了锁。

服务员被吓坏了,大气都不敢出,颤抖着一步步向后退去。

"呵呵呵……吓坏了吧,现在只好请你老老实实地在这里待一会儿了。"

夏目太郎说着,趁服务员不注意,一个箭步绕到他身后，左臂死死勒住了他的脖子，直到他涨得通红的脸开始泛紫，身体无力地瘫软下去，才松开了手。

他又转向瑟缩在角落里的世本芳枝，像盯住猎物的蛇一样死死地盯着她。

就在这时，酒店门前响起了刺耳的刹车声。

夏目太郎好像被这刹车声吓了一跳，连忙从世本芳枝身上收回了视线，快步走到窗前，掀起窗帘的一角向外看去。

"呵呵呵……警察终于来了。"

世本芳枝闻言精神一振，抬头看向窗口，却与夏目太郎的目光碰在了一起。

与此同时，酒店大堂里，经理正在不知所措地回答着中村警部的提问。

"头发蓬乱……右脸颊上有一条伤疤……穿一身绿衣服……对，对，是他……登记簿上写的是柳田一郎……行李？……哦，带了两个大皮箱。"

"肯定就是那家伙！"中村警部兴奋地挥了挥拳头，"听好了，那家伙就是代代木凶杀案的凶手。

他住哪个房间？这就叫人带我们去！"

经理当先引路，带着中村警部和小林上了二楼，三名便衣刑警则被留了下来，以防凶手从其他地方逃走。

上了楼梯，一行三人正向走廊尽头的房间走去，突然传来了隐隐约约的笑声。

"没错，就是那笑声。"

小林停住脚步，压低声音对中村警部说。

中村警部和经理还是第一次听到这令人毛骨悚然的笑声，不由得也停下了脚步。这声音实在让人脊背发麻。三人就那么呆呆地站在昏暗的走廊上面面相觑。

中村警部毕竟是警察，很快就回过神来，当先来到房门外，毫无异样地敲了敲门：

"对不起，服务员，请开一下门。"

没有回答。

中村警部加重了敲门的力度，同时另一只手搭上了门把手，想要出其不意地把门打开。但里面好像上了锁，门把手纹丝不动。

中村警部示意经理过来，对他轻声耳语了几句，经理点点头，立即转身下楼去了。

不多时，楼下待命的三名便衣刑警都赶了过来。

中村警部打了个手势，让开了一点，三名警官一起发力，用力向房门撞去。

房门一下就被撞开了，众人冲了进去。

首先进入大家视线的，是躺在地上一动不动的两个人，一个是身穿制服的服务员，另一个正是世本芳枝。

大家赶紧过去查看，两人已经不省人事。

夏目太郎呢？

难道是从窗户逃跑了？

警官们仔细检查了房间里所有的窗户，都从内侧插上了插销，更没有玻璃被打破。

那家伙肯定还在这房间里！只是不知道躲在了什么地方。

警官们又对房间进行了彻底的搜查，连隔壁的卫生间也没有放过，却一无所获。

所有人都面面相觑，凶手竟然在密室般的房间里凭空消失了！

又过了一会儿，服务员和世本芳枝终于醒了过来，但凶手显然是先让他们陷入昏迷才逃之夭夭的，所以他们并不能提供任何线索。

此后的几天里，酒店一直处于警方的严密监视之中。警视厅通知了所有的警署、派出所，布下了严密的警戒网，通缉令也已经下发，却连夏目太郎的影子也没见着。

就这样，轰动一时的代代木凶杀案陷入了僵局。

水族馆里的绿色人影

　　凶手的真面目已经知道了，夏目太郎，世本芳枝的堂兄，夏目家的独子，一个精神异常者。他几乎偏执地衷情于绿色，跟自己有关的所有东西都要弄成绿色的，这实在是匪夷所思。但除此之外，他还是个远比普通人聪明的家伙。杀害世本静夫显然是经过周密策划的，虽然没能如愿劫持世本芳枝，但他本人不仅在警方的眼皮子底下凭空消失了，甚至逃过了警方布下的天罗地网。

　　世本静夫的尸体究竟被那家伙藏到哪儿去了？很可能就在他入住酒店之后第二天带走的那个大箱

子里。但那箱子呢？好像也凭空消失了。

媒体纷纷对这几近猎奇的案件大肆报道，揭穿凶手真面目并救下世本芳枝的小林声名大振，但在他心里，这次的案件远远没有结束，因而整日里都有些闷闷不乐。

这天，他收到一封信，是世本芳枝寄来的。

小林：

时间已经过去了一个月，但我仍沉浸在悲痛当中无法自拔，好在时间终会冲淡痛苦的回忆。

独子成了被通缉的杀人凶手，伯父心中十分痛苦。虽然我无法原谅夏目太郎，但也想尽可能地安慰对我有养育之恩的伯父。他说想要代替儿子赎罪，对我的体贴简直无微不至。我们现在就像亲生父女一般相处融洽。

但毕竟触景生情，于是十天前，伯父带着我和他的秘书搬来了这个僻静的小渔村。伯父在这里有一处小小的别墅。

我们衷心期待您的光临，好让我们能够当面致谢。能够见到您，伯父一定会喜出望外的。

世本芳枝敬上

世本芳枝搬去的地方是海边的S村，距离伊豆半岛的I温泉不太远。她在来信上还绘制了详细的地图，并请小林去的时候提前告知，她一定派人去车站迎接。

小林看完信，决定乘当天下午的火车去S村。

下午四点，小林在I车站一下车，专程赶来迎接的夏目菊次郎的秘书山崎就迎了上来。之前拜访夏目菊次郎的时候两人曾经见过面。

从I车站到S村大约有两公里，两人上了山崎事先安排好的汽车。

"芳枝小姐还没有完全恢复，不想在人多的地方露面，所以委托我来接您，并让我代她向您致歉。"

山崎身穿一套合身的深色西装，头戴一顶崭新的呢帽，一双皮鞋擦得锃亮。他不仅仪容整洁，而且仪表堂堂，高鼻梁，浓眉大眼，嘴唇红润，宽肩膀，头发梳理得一丝不乱，简直犹如希腊神话里的美男子。

"夏目先生一定很痛苦吧，才会搬到这么偏僻冷清的地方来。在这里你也难免感到无聊吧？"

"不，也不完全是这样。别看我这副模样，我可是会一点柔道的，所以现在我是芳枝小姐的保镖。"

"原来如此。提高警惕也是对的。但是凶手毕竟是夏目先生的儿子，以你的立场来说，也实在是不好处理啊。"

"是的，确实棘手。但夏目先生更为难啊。"

汽车离开I车站后不久就驶上了一条山间小路，一侧是陡峭的山崖，另一侧就是大海。拐下这条小路，就到了S村。

夏目家的别墅就在海岸与山脚间的一片平地上。

听到汽车引擎声的夏目菊次郎与世本芳枝亲自来到门前迎接。夏目菊次郎仿佛一下子老了许多，特别是精神十分委顿。世本芳枝也难掩憔悴，但仍强打着精神。一番寒暄之后，小林在夏目别墅安顿了下来。

第二天下午，小林接受世本芳枝的邀请，登上了后山的瞭望台。

所谓的瞭望台是半山腰的一片大约七十平方米的草地。站在那里，蔚蓝的太平洋尽收眼底，渔船星星点点地散布在海面上。蜿蜒曲折的海岸线在S村形成了一个小小的半圆形的海湾。右侧的海面上矗立着三块巨大的岩石，上面还长着松树。

瞭望台上近海的一侧还有一座简陋的亭子，里面有一架锈迹斑斑的望远镜。

"没想到这里竟然还有这种东西。"

"听说是有个东京来的商人想把这里开发成旅游胜地，但显然没有成功，然后就没了下文。这里的瞭望台和那边的水族馆也就没人过问了。"

顺着世本芳枝手指的方向看去，脚下的海岸边果然有一座长条形的建筑。

"在这么冷清的村庄建造水族馆？"

"大概是想把I温泉的游客吸引到这里来吧。现在已经废弃了,大门也被封死了。"

两个人坐在草地上,一边随意地欣赏风景,一边有一搭没一搭地闲聊着。

"夏目太郎会在什么地方呢?警方如此搜索,竟然还是没发现他的行踪。"

小林毕竟还是挂念着案情。

"是啊,这实在让人寝食难安。而且他的执念太强,不达目的一定不会善罢甘休。说不定现在就在什么地方蠢蠢欲动呢……"

"你们不正是为了忘记这些才搬到这里来的吗?所以还是不要多想了。"

"但我还是心神不宁。就在给你的信寄出去之后,我就听到一件十分在意的事情。"

明明四下无人,但世本芳枝还是下意识地压低了声音。

"十分在意的事情?"

"嗯,就是那绿色。家里的一个女佣从村里的小孩子那里听来的。水族馆有一间值班室,当然也早已废弃了。但是最近村里的小孩子在附近玩的时候无意间发现，那房间里的墙壁竟然在一点点地变成绿色……"

"难道是什么人在悄悄粉刷那个房间？这会不会是小孩子的恶作剧？"

"如果真是那样就好了，可是……"

小林突然想起什么，站起身来，走到望远镜前。

"那房间在什么位置？"

"就在那儿，那栋建筑最外侧，从这里能看到窗户。"

小林调整望远镜，把镜头对准了世本芳枝手指的方向。

"这是一架高倍望远镜，能看得很清楚。那房间不小，外墙已经开裂，窗户也坏了，就连窗玻璃上的小虫子也看得一清二楚。但是房间里光线太过昏暗，很难分辨墙壁的颜色。不过，感觉上应该是绿色的吧。"

"让我看一下……"

"好，你看吧。"

小林说着就要让开，但就在那一瞬间，他好像又看到了什么，连忙又把眼睛凑了回去。

"怎么回事？看见什么了？"

"人，那房间里有人……啊，又看不见了，大概是要出来了……果然如此，水族馆的大门根本没有封死。啊，有人出来了！"

小林的声音戛然而止，脸上变得异常严肃。不，与其说严肃，倒不如说是恐惧。

"是什么人？"

世本芳枝问道。

小林没有回答。

"让我看一下。"

小林被催促着让到了一边，但脸色已经十分难看了。

"没什么，不必担心，我们还是回去吧。"

他究竟看到了什么？

绿色的上衣、绿色的裤子，就连领带都是绿色的，从那房间里出来的是一个从头到脚一身鲜艳的绿色的家伙。一定是他！

绿衣人出门后甚至向瞭望台瞥了一眼，随即消失在了水族馆后面。

　　就在那一瞬间，小林看清了那张脸。蓬乱的头发，右侧脸颊上醒目的伤疤。

水槽里的美人鱼

　　小林把世本芳枝带回夏目别墅后，便独自一人朝水族馆走去。

　　他当然没有对世本芳枝提起刚才看到的那抹绿色的身影，在得到证实之前，他不准备对任何人提起。

　　夏目别墅与水族馆大约相距三百米，其间没有任何住宅。水族馆周围是一片开阔的沙土地，位于S村最南端，是这个偏僻的小村子中最冷清的地方。

　　水族馆周围有一道板墙，所以如果不是刚才从瞭望台上用望远镜看下来，根本发现不了任何异样。也难怪那家伙光天化日之下就敢这样大摇大摆地进出水族馆。

水族馆门前有售票亭和围着栅栏的检票口，此时栅栏已经东倒西歪，售票厅的油漆也早已剥落，看起来十分破败。

小林翻过东倒西歪的栅栏来到水族馆门前，空荡荡的，看不到一个人影，竖起耳朵也只能听到海浪的声音。

他又来到刚才在望远镜里发现的那处窗户外窥视，房间大概七八平方米，里面空无一人。但当那鲜艳的绿色映入眼帘的时候，他还是大吃一惊。

啊，不是恶作剧。房间里，从天花板到地面都被人用绿色的油漆涂得深一块浅一块的。

如此说来，那绿衣人就在这里。

小林更加谨慎地留意着四周的动静，小心翼翼地推开门锁不知什么时候已经坏掉的大门，走进了水族馆。

水族馆中央有一条贯穿整个建筑的通道，两侧摆满了玻璃水槽。但整栋建筑里面似乎只有那间值班室一个房间。

玻璃水槽里还有残留的已然浑浊不堪的海水，使原本就已十分昏暗的室内更增添了一分阴森和诡异的氛围。

小林不禁打了个寒战。他尽量不去看那些水槽，急匆匆地沿着中央通道转过一个弯，径直来到了出口。

根本没有可以藏身的地方，这水族馆里一个人也没有。

他试着推了推出口处的大门，那门也坏了，发出一阵令人牙酸的吱嘎声，打开了。

来到外面，小林围着水族馆转了一圈，还是没发现任何人。

最后，他来到值班室，调查了壁橱等地方，在角落里发现了一罐油漆和一把用过的脏毛刷，此外没有任何异常，甚至感觉不到有人住过的样子。

小林的调查一无所获，只得心不甘情不愿地离开了水族馆，毕竟仅靠自己一个人不可能搜查整个村子。或者埋伏在水族馆里守株待兔？万一自己的行动已经暴露了，对方岂不是更不会现身了？对了，望远镜！在瞭望台上用望远镜可以把这里看得一清二楚，而且不会引起对方的警惕。就这么决定了，回夏目别墅之前再去瞭望台监视一会儿吧。

不知不觉间，暮色已经降临。夕阳的余晖洒在海面上，映出血一样的殷红。

小林来到瞭望台，一眼就发现了异常。望远镜的角度跟刚才不一样了，一定是有人动过了。原本对着水族馆的望远镜此时却对着右手边的山脚了。

那人到底在看什么呢？小林把眼睛凑上去，透过镜片，可以看到纵横交错的树木枝干。由于天已近晚，视野所及已经是一片昏暗。

就在他要转动望远镜看向水族馆的时候，突然，层层叠叠的枝干间有什么东西一闪而过。

绿色，比树叶还要鲜艳的绿色。在动，是人，是那个一身绿衣的家伙！

小林激动得屏住了呼吸，连忙缓缓调整望远镜，追踪着那人的脚步。

他的腋下夹着的是什么？

很模糊，白色的，好像是……脸！是女人的脸！没错，虽然光线昏暗，看得不是很清楚，但绿衣人的腋下确实夹着一个女人。

是谁？那家伙的目标，当然就是世本芳枝！

小林下意识地把眼睛尽可能地往望远镜上凑去。没错，就是世本芳枝，虽然脸还是看不清楚，但是在这种乡下地方，会穿一身那种衣服的就只有她了。

她怎么会被那家伙制住了？她为什么不挣扎求救？一定是已经失去了直觉。

小林猛地直起身来，恨不得马上冲过去制住绿衣人，救出世本芳枝。可这里到山脚下实在太远了。一旦离开望远镜冲过去，失去目标之后能不能在山里再找到那家伙都不好说。无奈，他只得再次回到望远镜前继续监视。

绿衣人的行动很是矫健，尽管只离开了一小会儿，望远镜的镜头里已经没有了那抹绿色的踪影。小林连忙调整望远镜，过了好一会儿才又重新找到了目标。

那家伙的目的地正是废弃的水族馆。为了隐藏身形，绿衣人一直在山脚的林间穿行，一身绿色成了天然的保护色。直到接近水族馆的板墙，他才一个箭步蹿了过去，消失在了水族馆里。

小林连忙再次调整望远镜，将镜头对准值班室的窗口。过了好一会儿，那道绿色的身影出现在了镜头里。

绿衣人把人事不省的世本芳枝放在地板上，站在旁边看了好一会儿，然后开始忙活起来。

就这么折腾了一阵子，世本芳枝好像醒了过来，吃力地撑起上半身，抬脸看向绿衣人。

绿衣人见状扑了上去。世本芳枝开始挣扎，拼命想要冲向窗口。一双绿色的手从她背后伸出来，死死地勒住了她的脖子。芳枝美丽的面庞痛苦地扭曲着，嘴大张着，小林甚至觉得自己听到了她的呼救声。

不能再犹豫了。小林推开望远镜，拔腿就往山下冲去。

一路上，他好几次被树根绊倒，重重地摔倒在地，但他已经顾不得疼痛，连身上的尘土都来不及掸去就爬起来继续往山下冲去。

　　终于，他跑回了夏目别墅。一进大门，就碰到一个女佣正在打扫院子。

　　"芳枝小姐呢？芳枝小姐在家吗？"

　　"小姐吗？我想她应该在房间里……"

　　不等她说完，小林已经冲进了玄关。嘴里还不住地大声呼喊着：

　　"芳枝小姐！芳枝小姐！"

　　他还是对刚才在望远镜里看到的一切半信半疑，还抱着一丝渺茫的希望，希望只是自己看错了。

　　"小林，发生什么事了？"

　　听到叫声，夏目菊次郎迎了出来。

　　"芳枝小姐在哪儿？"

　　"应该在她自己的房间……"

　　"真的吗？快带我去看一下。"

　　"芳枝，芳枝，出来一下。"

　　夏目菊次郎还没弄明白是怎么回事，但小林的紧张情绪显然已经影响到了他。

没有回答。

"奇怪！刚才明明还在房间里的……"

夏目菊次郎冲进一个房间，再出来的时候脸上已经毫无血色了。

"不在，房间里没有人，可是你是怎么……"

"果然如此！这个一会儿再说，山崎在哪里？"

"山崎！山崎！"

夏目菊次郎知道事情非同小可，慌慌张张地大声喊秘书。

"山崎，老爷在喊你呢。"

后院传来女佣的声音。不一会儿，山崎赶来了。

"你去哪里了？芳枝呢？"

"小姐她应该在自己的房间里吧。我出门的时候看到的。我刚刚只是出去散了一会儿步。"

"跟我来！"

小林不由分说，拉着山崎就往外走。

"怎么了？出什么事了？"

山崎满脸错愕。

小林一边拉着他往外走，一边简单地介绍了刚才他在瞭望台看到的情况。

"什么？那是什么时候？是不是已经过了很长时间了？"

"我是从山上冲下来的，应该过了还不到十分钟。现在赶到水族馆，说不定还来得及。"

从这里到最近的派出所也足足有一公里山路，而且村子里没有电话，所以现在只能先赶去救人，稍后再报警。

两个人都不再做声，在昏暗的夜色中拼命地跑，就像两个疯子。

从夏目别墅到水族馆的距离比到瞭望台要近得多，两人很快就赶到了。

为了不让绿衣人发现，两人猫着腰蹑手蹑脚地摸到了窗户下，小心翼翼地探出头去窥视。

房间里空无一人，但也证实了小林之前看到的绝非幻觉，证据就是胡乱扔在地上的世本芳枝的衣服。

与窗口相对的房门大开着，看来绿衣人是带着世本芳枝去了水族馆里面。

突然，门外有什么东西动了一下，小林和山崎赶忙又往下缩了缩头。

是那家伙！一身绿色西装，头发乱蓬蓬的，但是没有看到世本芳枝的身影。

绿色的身影一闪，又消失在了水族馆里的中央通道里。

两人对视一眼，小林当机立断：

"咱们分头追。我从前门追，你绕到后门堵截。"

山崎毫不犹豫，转身就向后门冲去。

小林绕到前门，一脚踹开大门，冲进了中央通道。

通道转弯处，一个黑色的人影正蹲在玻璃水槽下，昏暗的天光透过浑浊的海水照进来，宛如幽暗的冥界。那人仿佛被逼入绝境的野兽，一双寒光闪烁的眼睛也正盯着他。小林不由得打了一个寒战。

突然，那人站起身来拔腿就跑。

小林来不及多想，奋不顾身地追了上去。

通道两侧的玻璃水槽就像火车的窗口一样向后飞去。两人的脚步声在空荡荡的水族馆里激起了阵阵回声。

小林比那人跑得快得多，很快就追近了距离，眼看伸手就能抓住绿衣人了。

不料，就在这时候，突然脚下一滑，他只觉得天旋地转，然后整个人就重重地摔在了地上。这一下摔得太重了，他挣扎着想要爬起来，手肘和膝盖都传来剧烈的疼痛，脑袋也嗡嗡作响，浑身上下没有一点力气。

绿衣人当然不会就此停下脚步，他飞快地转过转角，消失在了通道里。

没关系，还有山崎。

"喂，山崎，凶手朝你那里跑了，快抓住他！"小林大声叫道。

"知道了。"

通道另一头传来了山崎的声音。

小林终于忍着疼痛爬了起来，跌跌撞撞地继续追了上去。

刚转过转角，一个黑影就扑了上来，小林来不及多想就跟那人扭打在了一起。

　　"等等！你不是山崎吗？"

　　小林突然大声喊道。

　　"什么？你是小林？"

　　对方大吃一惊，赶紧松手。果然是山崎。

　　"那家伙刚才就转过转角了，你是不是把他放跑了？"

　　"怎么可能！撞到你之前我什么人都没遇到。虽说这里有些黑，但一个大活人总不可能看不到吧？"

　　"刚才我喊你的时候那家伙就转过转角了。你当时在哪里？"

　　"喏，就在那里。"山崎指了指身后十多米的地方，"我一直等在那里，但一直不见有人来，才赶过来看看情况。"

　　小林跑到山崎说的地方，回头看向这边，整个通道一览无遗，绝对不可能放跑一个大活人。

　　难道这通道上还有什么岔道？两人仔细地搜索

起来。通道两侧都是镶满玻璃水槽的混凝土墙，连只老鼠可以钻进去的缝隙都没有。地面和天花板上也没有任何异常。

两人面面相觑，那家伙竟然凭空消失了！

慎重起见，两人又来到水族馆外仔细搜索，甚至板墙外都没放过，但还是没看到绿衣人的影子。

"奇怪！如果不是我们中的一个产生了幻觉的话……"

"我可没有产生什么幻觉。我一直追在那家伙身后，眼看就要抓到他了，要不是脚下一滑……"

"这个回头再说。芳枝小姐呢？那家伙带着芳枝小姐吗？"

"没有，那家伙是一个人。对了，快回去再搜一遍，说不定芳枝小姐被藏在了什么地方。"

两人连忙又回到了水族馆，沿着中央通道仔细搜索。

"好像有什么声音。"

两人停下脚步侧耳细听，果然有声音，断断续续的，好像是敲墙壁的声音。

"从哪儿传来的？"

两人放轻了脚步，循声找去，慢慢靠近了值班室。

"啊！"

山崎突然大叫起来。小林连忙转过脸来，只见山崎全身僵直地站在那里，一只手颤抖着指向玻璃水槽。

顺着他手指的方向看去，小林也不由得惊呼出声。

玻璃水槽里有一个巨大的物体，使得原本只剩一半的浑浊海水都溢了出来。而且由于那东西的搅动，水槽里原本就已浑浊不堪的海水简直就像浓云一般，各种藻类搅在一起舞动着。

是世本芳枝！在这恐怖的水槽里拼命挣扎的正是世本芳枝。刚才的声音就是她拼命敲打水槽壁的声音。

刚才所有的注意力都被蹲在这里的绿衣人吸引了，竟然忽略了水槽。现在想来，那家伙当时应该就是蹲在这里欣赏自己的杰作吧。

"快，救她出来！"

水槽背后的墙边靠着一架锈迹斑斑的铁梯。

两人连忙搬过梯子，手忙脚乱地往上爬。

洞穴中的会面

　　水槽里的水如果再深一点，世本芳枝就很有可能被淹死了。幸好尽全力抬起身子之后，脸可以勉强露出水面。但这也已经是她的极限了，想要脱身，绝无可能，因而她只能拼命挣扎。

　　由于过度疲劳和惊吓，世本芳枝一回到夏目别墅就病倒了。另一方面，绿衣人夏目太郎仍然下落不明。恐怕他就藏身在附近的山里吧？但也无法证实这一点。

　　小林最大的疑惑是他是如何在水族馆里凭空消失的。这已经不是第一次了，之前在酒店的房间里也是一样。难道那家伙真的会什么魔法吗？

作为凶手的父亲，夏目菊次郎的处境实在可怜。无论怎样十恶不赦，他始终是自己的亲生儿子；但另一方面，他又希望警方能够在他造成更大的伤害之前将其捉拿归案。于是，一番内心的挣扎之后，他还是委托小林和山崎一起去最近的派出所报案。

第二天，S村史无前例地喧闹起来。载满了警官的警车络绎不绝地赶来，足足几十名全副武装的警官做好了搜山的准备。然后是闻风而动的报社记者们。村里的年轻人也全都被组织了起来参加搜索。

但三天过去了，依然没有发现绿衣人的影子。虽然不时有附近的村人报案，说自己在山里见到了酷似凶手的绿色人影，但所有这些都不过是捕风捉影，都没有下文。于是有人猜测，凶手已经翻过大山逃到山的另一侧去了。但山对面的乡镇也早已下发了通缉令，全面戒备的警官们并没有发现任何蛛丝马迹。由此可见，那家伙多半还在附近的山里游荡。

第四天，大部分警力都已经撤回，只留下几名便衣刑警在各处要道布控。

这天下午，小林吃过午饭，正在夏目别墅门外散步，一名渔民模样的中年男人像是有什么事，来到别墅门前。

那人细长的尖脸晒得黝黑，眼神不定，满脸的慌张，怎么看都十分可疑。他先是一番东张西望，然后又盯着门牌看了半天。

"喂，你有什么事吗？"

小林走到那人跟前问道。

那人好像吃了一惊，支支吾吾地回答：

"哦……我……想见一下这家主人。"

"想见夏目先生？你是谁？"

"我叫丸井定吉，其实，这事有点麻烦……所以……"

"你大概也知道了，这家现在实在不太方便。如果可以的话，有什么话就对我说吧，我一定如实转达。"

"那可不行，我必须直接告诉这家主人……"

丸井定吉一口回绝，毫不让步。看来这其中必有隐情。小林只好让他在门外等着，自己去通知夏目菊次郎。

夏目菊次郎得知这一情况后，立即心神不宁起来，但还是说："总之先见见他吧。"然后就吩咐用人把那人带到了会客室。

小林和山崎就在隔壁房间，随时留意这边的动静。

出乎意料的是，会面很快就结束了。把那人送走之后，夏目菊次郎的脸色苍白得吓人，整张脸都像要哭出来似的扭曲着。

"那家伙究竟是什么人？您到底在担心什么？"
山崎问道。

夏目菊次郎一言不发地呆坐了好一会儿，才终于下定决心似的开了口：

"那家伙……也就是太郎的藏身之所，我已经知道了。刚才那人说，今天一大早见过太郎。"

小林和山崎一时都不知该说什么，房间里陷入了短暂的沉默。

"在哪儿？"

过了好一会儿，小林打破了沉默。

"南边海角外侧的海岸边。距离这里差不多两公里。那一带都是悬崖峭壁，峭壁上有好几处洞穴，他就藏身在其中的一处洞穴中。今天早上，他喊住了路过的渔民。据说他已经在那里待了两天两夜，饥寒交迫。渔民把自己随身带的盒饭分了一半给他，他立即狼吞虎咽地吃了个一干二净。然后，他又写了一封信，请渔民带来给我。并承诺只要他保守秘密，我一定会有重谢。"

夏目菊次郎说着取出了一张皱皱巴巴的纸，上面用铅笔潦草地写着：

父亲：

　　这是我最后的恳求，请务必来跟我见上一面。我现在已经走投无路，但还有一件事一定要告诉您。为此，即便付出生命也在所不惜。

　　请务必一个人来。当然，您需要有人划

船带您来，但如果还有其他人，我是绝不会现身的。

小林看完信，久久地沉默不语，过了好一会儿，才开口问道：

"这的确是夏目太郎的笔迹吗？"

"好像是在岩石上写的，很潦草，但这肯定是太郎写的。"

"那么您问清楚那洞穴的具体位置了吗？"

"我问得很仔细，应该能找到。"

"要去吗？"

"我拿不定主意，所以想听听你的意见。"

"他毕竟是您的亲生儿子，我想还是去见一面吧。不过见到他之后，还请尽力说服他向警方自首。"

"当然，我保证一定劝他自首。这件事还请务必暂时替我保密，谢谢，谢谢。"

夏目菊次郎郑重地行礼道。

"我有个建议。"山崎往前凑了凑，"我来划船，既可以保守秘密，又可以保护老爷。我划船的本事还不错。”

"那太好了！夏目先生，就这么决定吧？"

"山崎，那就辛苦你了。"

事情就这样定了，大家开始分头准备。小林突然察觉到了什么。

"那渔民说见到太郎的时候是今天一早吧？"

"是的，他说那时候天刚蒙蒙亮。"

"可是他为什么直到下午才来呢？"

"这个我也想到了。他说，是太郎再三嘱咐他一定要下午再来，还强调千万不能上午来。"

"这实在是不合常理。这种情况下，难道不是请您尽快去见面才是人之常情吗？"

小林不安起来，这背后会不会有什么阴谋呢？一番苦思冥想，还是想不出个所以然。

两个小时后，夏目菊次郎和山崎出发了。虽然那地方原本就很少有人经过，但他们还是算好了时间，等日落之后赶到。船是借来的，借口出海钓鱼散心。船上准备了吃喝，还有装样子的鱼竿。

小林守着卧病在床的世本芳枝。虽然知道了那家伙正躲在海边的洞穴里，但他还是觉得不能有丝毫大意。这说不定就是那家伙调虎离山的诡计，好趁机掳走世本芳枝。

吃过晚饭，玄关传来了开门的声音，他们总算回来了。小林急忙迎了出去，却只见山崎一人，脸色十分难看。

"夏目先生呢？"

"不好了！"

"怎么了？出什么事了？"

"这实在是一件怪事。跟我来。"

越来越让人摸不着头脑了。

"去哪儿？"

"洞穴。我跟老爷走散了，他和少爷都不见了。"

"什么？你说什么？说详细一点，究竟怎么回事？"

"是这样的，"山崎舔了舔干裂的嘴唇，"我们没花多少时间就找到了那个洞穴。船一靠近，一个绿色的人影就从里面跑了出来，还叫了一声'爸爸'。老爷当时就哭了。船一靠岸，他就只让老爷上岸，还跟我说，让我把船划远一些等着，他们要长谈。老爷也说按他吩咐的办。于是我只好把船划到四五十米开外等着。这样一来，他们到底说了些什么就一点都听不到了。又过了一会儿，突然传来叫喊声，那是一种难以形容的惨叫声。应该就是从洞穴那边传来的。我再也按捺不住了，急忙划着船赶了回去。等我赶到洞穴口，只见里面黑乎乎的，一个人影都没有，也没有一点声音。我大声呼喊，根本没有人回答。当时我真想不顾一切地逃回来，但职责所在，不能就那么一走了之，于是只好迎着头皮走进了洞穴里。糟糕的是，我们竟然没有准备手电，身上就只有几根火柴了。我一根根地划着火柴，借着微弱的光四下寻找，并不住呼喊，什么都没有……最后，火柴也用尽了，黑暗中，我不由自主地响起了水族馆里的事……那家伙会魔法，这一次，带着老爷一起消失了……"

山崎的话让小林也不禁打了一个寒战。

106

"立即出发！带上手电。另外，准备好武器。我一定要亲自确认一下。"

　　"好！"

　　两个人立即着手做好出门的准备。

悬崖上的密道

天已经完全黑下来了。

小林和山崎划着借来的渔船再次回到了海面上。

山崎已经大汗淋漓，但一刻也不敢停下手上的动作。一路上，两人都没说话，沉默焦躁地熬过了差不多二十分钟。绕过海角，就看到了如一张巨口般大张着的悬崖上的洞穴。

"就是这里。"

洞口约有四米见方。此时正值退潮，水面比洞口低了好多。停好船，两个人手脚并用地沿着岩壁爬到了洞口。

站在洞口用手电向里面照去，没有人。

"夏目先生——夏目先生——"

小林喊了好几声，回答他的只有洞穴深处的回声。

"里面很深吗？"

"好像是。刚才我只有几根火柴，没有太深入。"

两人打着手电向洞穴深处走去。走出不多远，两侧的岩壁就开始收拢，道路突然变窄了。

"到洞底了吗？"

"没有，这里有一条裂缝，一直向里延伸。"

那是一条上窄下宽的三角形裂缝，只能容一人弯着腰勉强通过。

"夏目先生——"

小林在裂缝外又喊了一声。

一阵响动过后，一道黑影从里面冲了出来。

"站住！你这个畜生！"

山崎大叫一声扑了上去。

小林也摆开了架势。

"哈哈哈……是蝙蝠。被手电光惊动了才飞了出来。"

发现只是虚惊一场，山崎当先就要弯腰钻进裂缝。突然，他好像看到了什么，一动不动地僵在了那里。

"怎么了？"

"快看这里！"

小林连忙赶上前去，只见岩石上一片猩红。

"是血！这可非同小可。快去里面搜查。"

两人一前一后地钻进了裂缝。

"这里也有……还有这里……"

斑斑血迹一直向裂缝深处延伸。一想到惨不忍睹的尸体即将出现在自己眼前，小林不禁脊背一阵阵发凉。

"这洞穴简直就是个没有尽头的迷宫。"

"好在没有岔路，只要原路返回就行了。"

裂缝越来越低矮，两人不得不开始爬行了。

脚下的路似乎开始渐渐向上延伸，又爬了一会儿，竟然有一阵凉风扑面而来。

"啊，总算到达出口了，居然在这里。"

山崎如释重负。洞穴的出口像一口枯井似的开在悬崖上没有人烟的密林中。两人汗流浃背，终于爬出了洞口。周围尽是落叶，没有留下任何足迹。

"夏目先生——"

叫喊声随风消逝在密林深处，当然不会有任何回应。

"老爷会不会已经……"

黑暗中，山崎欲言又止。

"不管怎么说，就凭我们两个是不可能搜索这么大一片密林的。只好等天亮请警方来处理了。"

两人只好空手而归。

绿衣的尸体

　　从第二天开始，警方又展开了一连四天的大规模搜索，但如上次一样，还是一无所获。就在大家准备再次放弃的时候，第五天清晨，S村的渔民在海边发现了可怕的东西。

　　"是溺水而死的尸体吧？"

　　"好像是。等等，这衣服……是绿色的！"

　　"什么？难道是那家伙？"

　　"说不定是走投无路跳海自杀了吧。"

　　几个渔民战战兢兢地围了上去，想要看清楚尸体的脸。

"啊！"

渔民们突然惊叫起来。不知是被鱼还是鸟啄的，那具尸体的脸上已经几乎没有肉了，白花花的骷髅就那么露在外面。

很快，海滩上就挤满了黑压压的人群。警官、法医，还有夏目家的人围在尸体旁，村民们则在远处交头接耳。

夏目家的人来了四个，除了世本芳枝、山崎、小林，还有夏目菊次郎的胞兄夏目菊太郎。

虽然已经面目全非，但尸体的其他部分还基本保持着完整，只是由于连日来海水的浸泡有些肿胀。胸部有利刃刺伤的痕迹，伤口已经发白，翻卷起来，看来血已经流尽了。

"从这身衣服判断，这人应该就是夏目太郎，你们说呢？"

中村警部看了看夏目家来的人，然后说道。

"如果是他的话，只能认为是夏目菊次郎先生亲手惩戒了自己的儿子。但是那样的话，夏目先生应该不会就这样踪迹全无，肯定会投案自首的。"

小林说出了自己的想法。

"那……"

"这肯定不是夏目太郎。我想是凶手给被害人换上了标志性的绿色西装，借以混淆视听，扰乱警方的搜查。"

"我也是这么想的。我这个弟弟再怎么样，也不可能亲手杀死自己的儿子。退一步说，就算他误杀了自己的儿子，也不可能逃之夭夭。"

夏目菊太郎斩钉截铁地为弟弟辩护。他是研究菌类的著名学者，据说在学术界颇有威望。

"这么说，你们认为这尸体是夏目菊次郎，而杀人凶手是夏目太郎？虽然那家伙是个疯子，但是他有什么理由要杀害自己的亲生父亲呢？而且他冒了很大风险让人捎信请父亲到那洞穴去，难道就是为了杀害他？"

中村警部的说法也合情合理。

"这我也说不清楚。事实上，这起案件中有许多不可思议的地方。虽然我是他的伯父，但我跟太郎交往不多，也不敢说了解他。即便以他精神不正常为前提考量，他的行动也多有难以理解的地方。听说他不止一次像烟雾一般凭空消失，怎么可能会有那种事！我作为科学家，绝对不相信这种鬼话。警方任由这种谣言流传，是不是太草率了些。这次的案件相当复杂，我想只有请名侦探出马才能尽快水落石出。"

就在这时，围观的人群中突然一阵骚乱。只见一个男人挤出人群来到中村警部身边耳语了几句。中村警部停了，精神为之一振。

"警署来电话说，发现了世本静夫的尸体。"

"什么？世本静夫……在哪里找到的？"

"绝对是一个意想不到的地方。听说是在丸之内大同银行发现的，就在警方眼皮子底下。"

丸之内大同银行是东京最大的民间银行，地下有号称日本第一的金库。就在S村海滩发现尸体的前一天下午，金库主管和两名保安正在进行当天营业结束后的例行巡查。

"喂，奇怪！108号保险柜存的是什么东西？怎么会有液体从里面流出来。"

"不可能啊，一直到昨天还都一切正常。"

金库主管用手指沾了一点从保险柜门缝隙里流出的黏稠液体，凑到鼻子前闻了闻。

"喂，你闻闻，这是什么味儿？"

于是两名保安也凑过去闻了闻。突然，一名保安脸色大变，惊恐地大喊道：

"是尸体的味道！这里面有死人！"

银行金库的保险柜里怎么可能会有尸体？这实在是太诡异了。但是既然流出了液体，无论如何都要确认一下。金库主管马上找来几名见证人，打开了108号保险柜。

门一打开，刺鼻的恶臭立即扑面而来。众人强忍着呕吐和逃跑的冲动向保险柜里看去。里面是一个巨大的皮箱。

"108号保险柜的寄存人是谁？快，查查登记簿，打电话通知他。"

一名职员立即跑了出去。不一会儿，他又满脸莫名其妙地跑了回来。

"寄存人是岩濑幸吉！"

"什么？是那个麻布的大地主岩濑幸吉？"

"是的。但是给他打了电话，他却说根本没有租用我们的保险柜。"

"奇怪！这箱子是什么时候寄存的？"

"上个月初。租用合同期是一年。"

"那就没什么可说的了，报警吧！等警方来了再打开这个皮箱。"

接到报警，警视厅立即把这个皮箱跟代代木的凶杀案联系到了一起，马上派出了大批警力。一到现场，就先让技术人员取了指纹。然后才在银行保安的协助下把皮箱抬了出来，砸开了上面的锁。

果然不出所料，箱子里是一具尸体，裹着黑色的睡衣，已经严重腐烂。

"你们竟然一直没发现这东西？代代木的凶杀案可是闹得满城风雨。而且寄存这皮箱的时候不就是凶杀案发生的第二天吗？这么大一个皮箱，你们竟然一点都没有怀疑？"

带队的警官大发雷霆。

金库主管无言以对，对一名职员说：

"这是你负责办理的吧？你给我解释清楚！"

"那案子我的确知道，报纸上都报道了嘛。柳田一郎，头发蓬乱，右脸颊有一道醒目的伤疤，穿一身绿色的西装。可来寄存这皮箱的男人一身黑衣，头发梳得很整齐，而且脸上根本没什么伤疤，是一名相貌堂堂的绅士。类似的业务我们银行每个月都有两三次，况且岩濑幸吉又是我们银行的老主顾，所以才没有怀疑。"

这也难怪。

只是这样说来，难道凶手还有同伙？

恶魔再次现身

S村海岸发现的尸体立刻被警方解剖了，结果与事先推断的相同，是一个六十岁左右的老人。小林等人的猜测得到了证实，被杀的不是绿衣人夏目太郎，而是他的父亲夏目菊次郎。

夏目菊次郎惨遭杀害，夏目太郎下落不明，夏目家的一切事务都只好由夏目菊太郎老人全权负责了。菊次郎的葬礼颇为隆重，东京和海边的宅子也都变卖了，所有财产都由夏目菊太郎保管。

世本芳枝孤苦无依，只好暂时和夏目菊太郎老人一起生活。

处理完夏目菊次郎的后事，夏目菊太郎带着世本芳枝回到了纪伊半岛的K镇。夏目太郎依然下落不明，所以世本芳枝随时都可能有危险。为此，夏目菊太郎决定让山崎继续担任世本芳枝的保镖，说是总比再找其他人可靠。山崎自然是求之不得。

夏目菊太郎家是一栋犹如城堡的西式红砖洋房，建在K镇边的一处高地上。

"啊，太漂亮了！简直是童话故事中才会有的房子！"

世本芳枝一边沿着坡道走向高地一边赞叹道。

"我的父亲，也就是你的爷爷，是东京屈指可数的大富豪。他死后，把遗产分成三份，我们兄弟三人一人一份。你的父亲挥金如土，不但挥霍光了所有遗产，还欠下了一大笔债务。菊次郎是个成功的商人，赚了不少钱。我是个单身汉，一心一意扑在研究上，平时没有什么花销。所以不知不觉间，光是那笔遗产的利息，也已经积累了不少。现在，我又不得不代管菊次郎的遗产。这么一大笔钱，对我来说反倒是一种累赘。"

夏目菊太郎老人满脸苦涩。

风景优美，又没有任何经济压力，主人是自己的伯父，性情温和，对琐事毫不关心，用人是一对沉默寡言的夫妇，都是老实可靠的当地人，对世本芳枝来说，这简直就是理想中的生活。最重要的是，此后半年多的时间里，绿衣人夏目太郎仿佛人间蒸发了一般，再也没有半点消息。

世本芳枝每天都要在附近散步，而作为保镖的山崎，每次都会陪在她身边。

山崎对夏目菊太郎老人的研究十分感兴趣，不知不觉间就成了老人难得的聊天对象。老人对这年轻人十分满意，即便以后世本芳枝不需要保镖了，也想让他留下来做自己的助手。

半年后的某个晚上，世本芳枝和山崎一起神情严肃地来到夏目菊太郎老人的书房。

"先生，我们有话要对您说……现在……可以吗？"

山崎的声音有些颤抖。

老人从书上移开视线，温和地笑了笑说：

"当然，有什么话就直说吧。"

"这实在是有些难以开口……"

山崎一反常态地支吾起来，世本芳枝则站在他的身后，满脸通红地低着头一言不发。

"说说看。"

"现在说这种事，也许会被您训斥的。我们也知道提出这种要求实在有些过分，但是……"

"哦，知道了，我知道了！是关于你们俩结婚的事吧？"

"是的。但不是马上结婚，只是希望先得到先生的同意。"

"芳枝，你也是这样想的吗？"

世本芳枝的头低得更低了，轻轻地点了点头。

"你们的心情我非常理解，也断然没有反对的理由。但是，静夫去世毕竟还不满一年，所以我希望你们再等等。而且，这毕竟是终身大事，希望你们也都能再好好考虑一下。"

"谢谢先生！我本来已经做好了被您训斥的准备，而且……"

山崎声音颤抖,眼里已经噙满了泪花。世本芳枝虽然什么也没说,但脸上的幸福和感激的表情无论如何也遮掩不住。

就在这时,房间里突然变得一片漆黑。

"停电了。这里风大,电线常常被刮断。"

黑暗中响起了老人沉稳的声音。但好像不是那么回事,只是房间里的灯灭了,院子里的夜灯仍然亮着,原本昏暗的灯光此时照在窗户上竟然格外明亮。而且,就在那窗户上,出现了一道黑影。

"伯父,那家伙,是那家伙!"

世本芳枝尖叫道。

话音刚落,又传来了那令人毛骨悚然的笑声。

山崎毫不犹豫,一个箭步冲了过去。

"谁?"

出声怒喝的同时,窗子被猛地推开了。但是,像之前一样,那家伙再次凭空消失了,窗外什么人都没有。

"站住!"

山崎朝着看不见的对手大喝道,同时身手敏捷地翻出了窗外。

夏目菊太郎老人连忙按下呼唤铃，找用人来帮忙，然后跑到窗前，对着山崎的背影大声说：

"山崎，小心！不要莽撞！我已经叫了佐助，等他拿手电来！"

院子里传来了山崎诧异的声音：

"奇怪，跑到哪儿去了？不可能这么快就逃掉的，可……"

这时，夏目菊太郎老人背后传来了奇怪的声音。

"啊！伯父……"

世本芳枝的惊叫声戛然而止。

"芳枝，怎么了？"

老人在黑暗中向着声音传来的方向摸索着走去。

书房里鸦雀无声，世本芳枝不见了。

"芳枝！芳枝！"

门开了，一道亮光涌了进来，是男佣佐助拿着手电赶来了。

"是佐助吗？快，快进来！芳枝出事了！"

两个人找遍了书房里的每一个角落，根本就没有世本芳枝的影子。

"奇怪，刚才明明听到了她的声音，怎么可能就这么消失了？你来的时候在走廊上有没有看到她？"

"没有，走廊上根本就没有人。"

佐助说得非常肯定。

老人急忙跑到窗前，对着院子里的山崎大喊：

"山崎，芳枝不见了！刚才有人翻窗出去吗？"

正在为没有抓到凶手懊恼不已的山崎听到了老人惊慌失措的叫声。

"没有，没有人翻窗出来。您说什么，芳枝她……"

说着，山崎已经翻窗回到了书房。

"会不会是从门出去的？"

"不可能。佐助拿了手电赶来，什么人都没看到。"

"难道这房间里有什么密道？"

山崎焦躁难耐。

"怎么可能有那种东西！我听到了芳枝呼救的

声音，但随即就好像被什么人捂住了嘴。"

"您是说那家伙刚才在书房里？这怎么可能？"

山崎不由得大叫起来。

"听我说！我不光听到了芳枝的呼救声，还听到了那家伙的呼吸声以及两个人扭打的声音。那家伙是怎么进来的，我不知道，但他当时确实在这房间里，而且掳走了芳枝。"

"你去把所有蜡烛给我拿来！然后马上去附近警署报案！"

山崎大声命令佐助。

不一会儿，十多支蜡烛被点亮了。书房里所有的角落都被照得一览无余。山崎借着烛光把书架上的书全部取下，仔细检查了书架背后的墙壁。然后又翻开地毯敲打地板，甚至探头到壁炉里检查，希望能找到暗道口。但是所有这些地方都没有半点可疑之处。

"奇怪！"

"嗯，实在不可思议！"

夏目菊太郎老人和山崎面面相觑。

警方很快就赶来了，大批警官展开了地毯式的搜查，但还是一无所获。等到天亮，又扩大了搜查范围，还是没能发现任何蛛丝马迹。

　　两个大活人怎么可能就这么凭空消失？这已经不是绿衣人第一次上演这种匪夷所思的把戏了。难道夏目太郎那个疯子真的会什么魔法？

大侦探出马

> 世本芳枝被绑架，速来。

小林收到了电报。

半年来，他一直没有放弃对绿衣人夏目太郎的追查。

"这家伙终于又现身了！情况紧急，这次一定要请明智先生出马！"

此前的几次挫败已经让小林认识到，自己并不是绿衣人的对手，他立即拨通了大江的电话。

"喂喂，是大江君吗？非常冒昧，打搅你了，实在对不起。刚才接到了夏目菊太郎先生的电报，说是芳枝小姐又遭到绑架了。我实在是心有余而力不足，想请明智先生出马。可我之前曾经向他提出过这一要求，都被他回绝了。我想这就去再求他一次，你能跟我一起去吗？"

大江在电话里爽快地答应了下来。不一会儿，门外传来了汽车刹车的声音和大江的声音：

"喂，小林，快出来，我在车里等你。"

到了麻布的明智侦探事务所，小林还没等车停稳就迫不及待地冲了下去，大江紧随其后。但接连敲了几次门，都没有任何回应。

"难道先生不在家？"

大江疑惑道。

"这么大清早就出门，真少见。咱们进去等吧。"

小林作为明智的助手，本就是这里的半个主人。

房间里空无一人。

"先生去哪儿了，怎么还不回来。"

"是啊……"

小林突然住了嘴，竖起耳朵仔细听着。

"你听，听到了吗？这里好像还有其他人。"

"别瞎说，怎么可能还有其他人。"

"你听……确实有什么声音吧？"

"好像是……是那个房间？"

对小林来说，这个事务所就像自己的家一样，他一直和先生住在这里，只是不久前才刚刚搬出去自己住，所以房间布局什么的，当然是一清二楚。他猛地站起身来，推开隔壁的房门冲了进去。

一头乱发，脸颊上的伤疤，绿色的西装……不仅如此，那家伙一看见他俩竟然还笑了起来，那笑声，他俩恐怕一辈子都忘不了。

意想不到的发现，使小林的两腿不由得颤抖起来，连转身逃跑的力气都没有了。是那家伙！他怎么会在这里？竟然抢先埋伏在了这里。

可是，怎么回事？以往总是渐渐消失的笑声此时却越来越高，而且其中的阴郁渐去，变得爽朗起来。

"哈哈哈……别紧张！那家伙可没这本事。是我啊，明智小五郎。"

"什么？是先生！"

"抱歉，我需要测试一下我的化装是否成功。从你们刚才的反应来看，应该是没问题了。"

小林和大江闻言不由得松了一口气。

化装成绿衣人的明智带着两人回到了书房，在沙发上坐了下来。

小林早就等得不耐烦了，迫不及待地说起了电报上的内容。

"……情况十万火急，我打算立即赶到那里。先生，那家伙实在很难对付，还请先生务必亲自出马，千万别推辞。"

话音刚落，没想到明智十分爽快地点头同意了。

"其实，我在这里等你很长时间了。这次的案件非常棘手，如果我的推理是正确的，恐怕不会像表面看起来的那么简单。"

"这么说，先生已经……"

"不，还都只是我的推理。在完全弄清楚之前，我不会轻易下任何结论，当然也不准备告诉你们。但我想，凶手恐怕不只是一个疯子那么简单。"

小林和大江虽然无法理解明智的这番话，但不管怎么说，只要他答应出马，所有的难题一定都可以迎刃而解。

　　"我们还是尽快出发吧。如果我的推理不错，危险已经迫在眉睫了。我们坐明天一早的飞机出发，到达大阪后乘火车去K镇。如果顺利，明天傍晚就可以到了。"

　　明智信心十足。

两个绿衣人

第二天傍晚，明智和小林按计划到达K镇。

由于出发前发了电报，夏目菊太郎老人和山崎一起赶到列车终站T镇迎接。

"明智先生，您来了我就放心了。相信您一定能救出芳枝。"

老人握住大侦探的手兴奋地说。

四个人坐上汽车，沿着乡村公路驶向K镇。路上，老人向明智说明了事发的经过。不知何故，山崎一言不发，把脸扭向一边，态度十分冷淡。

"我对那家伙也有所耳闻，但没想到这么厉害。

警方到处设卡盘查，还张贴了通缉令，可都两天了，什么线索也没有发现。在这种乡下地方，陌生人可是很显眼的，更何况他还带着芳枝，总不可能已经把芳枝杀了吧？即便那样的话，尸体也会很快就被发现的。"

"会不会还藏在镇上？"

"这里和东京那种大城市可不一样，总共只有两家旅馆，而且别说旅馆了，就连民宅也都一户不落地搜查过了，可还是……也许是我多心了，但我总觉得那家伙就在我家附近徘徊。"

汽车驶到高地下的时候暮色已经降临，周围的密林一片墨色，只有穿过其中的坡道微微泛白，十分醒目。

四人下了车，默默沿着坡道向上走去。山崎扔下一句"我先走了"，就急匆匆地离开了。

"山崎怎么了？"

小林看着山崎的背影，疑惑不解地向老人打听。

"唉，那天山崎和芳枝来找我，要我同意他们的婚事。当然不是马上结婚，只是事先征得我的同意。就在那时候，那家伙出现了，掳走了芳枝……你们特意赶来，我们当然心存感激。但是山崎有一种执念，一定要靠自己的力量救出芳枝。案发以来，他简直像条警犬似的在这一带转来转去，几乎是不眠不休。说不定他已经将你们视为了竞争对手，想要赶在你们之前救出芳枝呢。"

"原来是这么回事。"

说话间，夏目家的灯光已经出现在了三人的视野中。突然，一道黑影向着三人冲了过来。

"就是那家伙，快抓住他！在那边树林里！"

来人正是山崎。要抓的自然就是绿衣人夏目太郎了。

第一个追上去的是明智，他把手里拎着的皮箱往地上一扔，撒腿就跑，简直就像要跟山崎赛跑似的。小林紧随其后。就连夏目菊太郎老人也跟在最后小跑了起来。

"看，就在那里，那棵大树下。"

顺着山崎手指的方向看去，果然有一个绿色的人影在树林里穿行。但是距离很远，天色又已经暗了下来，所以除了那身绿衣，其他的都无从分辨。但这不正是那家伙最明显的特征吗？

明确了目标，大家的步子更快了，一眨眼的工夫就追到了那棵大树下。但是绿衣人似乎也很擅长跑步，此时已经消失在了密林深处，不见了踪影。

他们立即报警，警方包围了树林，一点点地缩小包围圈，同时仔细搜索，但结果还是跟之前一样，一点线索都没有。

在夏目家吃完晚饭，明智和小林来到书房调查，仍然没能发现有价值的线索。

"小林，七点了，吃早饭前再调查一下书房好吗？"

第二天一早，小林被明智唤醒，简单地洗漱后，两人一前一后走进了书房。出乎意料的是，书房里已经有人了，是山崎。他正靠在一侧的书架前，好像在看什么书。听到有人突然进来，他好像大吃一惊，连忙手忙脚乱地把手里的书塞回到了书架上，然后装作若无其事的样子向两人走来。

"早上好。昨晚睡得好吗？"

与昨天的态度截然相反。

"很好。山崎，你这么早就起来看书了吗？"

明智的语带嘲讽。

"没有，不是在看书。这书架上的书有点乱，我刚才整理了一下。"

刚才明明看得聚精会神，他为什么要当面撒这种谎呢？

"那都无关紧要。关于这次的事件，你有什么想法吗？我们才刚来，很多情况都不了解，所以一时也没有什么好主意。"

"您是问我的想法吗？这实在是不敢当。我只是一个门外汉……"

山崎虽然说得客气，但明显带着敌意。

"我就不打扰你们的调查了，告辞。"

山崎朝两人点头致意后消失在了门外。

"他果然对我们抱有相当的敌意啊。"

明智感慨道，小林只是下意识地点了点头，不知在想些什么。

接下来的一个小时，两人又对书房里所有的墙壁、地板、天花板一处不漏地进行了调查，依然一无所获。

早餐过后，明智一声不响地离开了，等小林回过神来，人已经不见了。他只好独自调查。思来想去，觉得还是应该先去书房看看。

推开房门，出现在他眼前的竟然是明智。只见他正像早饭前的山崎那样，靠在一侧的书架上聚精会神地读一本书。那是一本薄薄的线装书，正是山崎看的那一本。而且他也如山崎那般被小林吓了一跳，急忙把书塞回了书架上，然后若无其事地走到小林面前。

"先生，有什么发现吗？"

没想到就连回答也跟刚才的山崎一模一样。

"没什么，没什么，只是本虫蛀的旧书，随手拿来翻翻。小林，我们去昨天的那片密林看看吧。其实我一直在等你吃完早饭。"

说着，他半推半拽地拉着小林出了书房。

小林越发糊涂起来。

整个上午，明智都带着小林一起在树林里调

查。为了避免遗漏，两人不但不时爬上大树，为了防止地下有暗道或者洞穴，就连草丛和稍大一些的石头都没有漏下，一一翻开检查。但即便如此，还是毫无发现。

树林中央耸立着一棵很显眼的老樟树，树干直径足有两米。在距离地面差不多一米半的位置分成了三杈，向外伸展，形成了巨大的树冠。据说这棵老樟树已有千年高龄，是附近一带的神木。树下还拉起了草绳，禁止人们靠近。

明智似乎对这棵老樟树很有兴趣，不仅钻过草绳抚摸树干，还爬到枝杈上坐了好一会儿。

下午，根据明智的建议，两人分头行动。小林去跟夏目菊太郎老人了解情况，明智则在附近漫无目的地闲逛。等他回到夏目家的时候，天已经黑了下来，该吃晚饭了。

"先生，怎么样，找到线索了吗？"

"今晚，或者最晚明天早上，应该就会有结果了。"

明智一副胸有成竹的样子。

晚饭过后，又不见了明智的影子。小林在房间里等了一会儿，还不见他回来，于是不由得产生了去外面走走的想法。

出了夏目家，不知是不是月色的指引，小林不由自主地又向着那片树林走去。

皎洁的月色穿过枝叶间的缝隙洒在树林中，借着这微弱的光线，小林突然发现前面有什么东西一闪而过。他吓了一跳，连忙凝神细看，是人，一道人影正在树林中穿行。在忽明忽暗的光线中，一头乱发和隐约可见的绿色时隐时现。

"那家伙又出现了！好，今晚一定要抓住他！"

小林对自己的跟踪技术很有自信，借着密林中枝干的掩护，悄无声息地跟了上去。

不一会儿，绿衣人来到那棵神木前，径直朝老樟树走去。

小林想起白天明智对这棵树格外的关注，不由得暗自佩服。

只见那家伙跟明智一样，爬上了枝杈。一番摸索过后，突然像被巨树吞噬了一般消失了。

小林愣了好一会儿，才从震惊中回过神来。他蹑手蹑脚地钻过草绳来到神木前，先是围着树干绕了一圈，没有任何发现，然后也像白天明智那样，顺着树干爬了上去。爬到绿衣人消失的枝杈上，他赫然发现树干上竟然有一个巨大的树洞。凑过去往里窥探，隐约可以看到有类似台阶的可以踏脚的地方。

　　小林给自己壮了壮胆，摸索着沿着踏脚的地方走了进去。往下走了一会儿，好像来到了地面。那里有一条明显是人工修建的通道，不知通到什么地方。

　　小林在黑暗中摸索着前行，为了不被对方察觉，他连呼吸都极力控制。走出大概五十米左右，两侧的墙壁突然摸不到了，他进入一个开阔的空间，大概是一个类似房间的地方吧。

　　他侧耳细听，三四米外的黑暗中好像有人，不由得吃了一惊。与此同时，黑暗中传来"啊"的一声轻呼。然后是一声怒吼：

　　"站住！"

竟然不止一人！

不等小林多想，眼前突然亮起了两道刺眼的光束。两道光束交错，照出了两个人影。

小林极力克制自己，才没有发出惊恐的尖叫。

两道光束照出的两个人简直一模一样。蓬乱的头发、醒目的伤疤、诡异的绿色西装……竟然有两个绿衣人，正死死地盯着对方。

好在两人的注意力完全被对方吸引了，好像谁也没有发现黑暗中的小林。正在暗自庆幸，他突然听到了来自背后的喘息声，还有衣服摩擦的窸窸窣窣的微弱声响。他能清楚地感觉到冷汗正在后背不断地滑落。

"站住！"

突然，黑暗中再次响起一声大喊，紧接着是急促的脚步声。

其中一个绿衣人熄灭手电逃走了，另一个则不顾一切地追了上去。

小林突然想到了在侦探事务所见到的明智的化装：

"逃走的绿衣人是夏目太郎，追赶的绿衣人多半是明智先生。"

不等他再多想，前方的黑暗中传来"扑通"一声，像是有人倒地，然后是一声呻吟。

两支手电都灭了，眼前的黑暗似乎比之前更浓了。

"不好，手电不见了。"

听声音像是有人嘟囔着爬了起来。是明智。

"手电吗？在这里。"

话音刚落，小林背后的黑暗中，一道耀眼的光束射向了刚从地上爬起来的绿衣人。是山崎。

脚步声越来越近，经过小林身边的时候，山崎声音急促地问道：

"是小林吧？我是山崎。快，我们去帮明智先生。"

"啊，果然是山崎。"

两个人并肩朝明智跑去。

"我们是小林和山崎。明智先生，夏目太郎朝哪里逃了？"

"啊，是你们俩！快跟我一起追！他朝那边逃了。我想芳枝大概就被关在那里。小心脚下。拉着绳子呢。我刚才就是被绊倒了。"

三人跨过绳子，都不再说话，默默地追赶起来。明智接过山崎的手电，一马当先。

"救命……我是芳枝，快，快来救我……请快来救我！"

听到呼救声，原本一直照着脚下的手电照向了正前方。

出现在三人面前的正是世本芳枝。

那是一处转角。世本芳枝头发散乱、衣不蔽体，正拼命挣扎，左手死死地扣住了岩壁。她的右手一直到肩膀，已经被拖拽着到了转角的另一侧。

一定是那家伙！在转角后拖拽世本芳枝的一定就是绿衣人夏目太郎。

三人加快脚步冲了过去。

世本芳枝终于见到了获救的希望，拼尽全力挣扎。终于，绿衣人见势不好，放开了世本芳枝，独自一人逃跑了。

世本芳枝已经脱了力，一动不动地瘫软在了地上。

"芳枝小姐！"

第一个冲过去的是山崎。他一边用因为兴奋而略显沙哑的声音呼唤着，一边试图扶她坐起来。但她毫无反应，仔细一看，才知道她已经不省人事了。

明智和小林没有停下脚步，继续追了上去。

转角后是一条笔直的长通道，两人一边追赶一边将手电向前照去，通道里的所有角落都照了一遍，但还是没有绿衣人的影子。那家伙逃得简直太快了。

两人不死心，一路追到了通道尽头。

通道的出口被灌木和杂草遮掩着，一点都不起眼。

两人拨开杂草出了通道，又在附近展开了搜索，不出意外地还是什么都没有发现。无可奈何之下，只好等天亮与警方取得联系，再展开进一步的搜查。

两人返回通道时，世本芳枝似乎已经恢复了意识，但依然双眼紧闭。

"没有抓住吗？"

山崎责问道。

"是的，非常遗憾，又一次让凶手从眼皮底下逃走了。这条地下通道的出口在高地半山腰，那家伙肯定从那里逃出去了。只凭我们几个人，根本不可能抓到他。"

小林像是在为明智辩解似的说道。

"哼，既然是通道，当然会有出口。竟然没有事先安排人堵住出口，这可是个大疏漏。"

山崎毫不客气地数落道。

小林偷眼看向明智，只见他丝毫不以为意，反而微笑道：

"芳枝小姐得救了，这比什么都重要。"

"这可不是明智先生的功劳！最先发现这条地下通道的是我，救出芳枝小姐的也是我。明智先生，您也看了书房里那本书上的图吧？那条红线的一端就在神木下。我早就知道了，只是没有像你们这样草率地采取行动。你们来的时候，我已经在附近埋伏好了，亲眼看着你们先后进了通道。只是我确实没有想到明智先生会是这身打扮，还以为是小林追踪凶手到了这里，所以才会跟下来，随时准备支援小林。而且，你们不得不承认，我的手电帮了大忙了……"

"是啊。不过，这些还是等一下再说吧。当务之急是把芳枝小姐送回去。"

明智好像一点都没有把山崎的奚落放在心上，依旧十分冷静地说道。

"芳枝小姐，振作一点，我这就送你回家。"

明智和小林帮忙将世本芳枝扶到了山崎背上，由他背她回家。

消失的脚印

一行人回到夏目家后，又是找医生，又是报警，一时间忙得人仰马翻，重新恢复平静的时候，已经是第二天凌晨时分了。

"先生，刚才山崎说的地图啦、红线啦，到底是什么东西？难道就是先生今天早上在书房里看的那本旧书？"

一回到房间，小林便迫不及待地问道。

"是的，是那本书。那好像是这房子最初的主人秘藏的抄本，记录了这房子所有的情况。其中一幅地图，上面标有'秘'字，还有一条醒目的红线。我想，这就是最初的主人预备的被围困时秘密运送粮食或者逃跑的路线。于是，我在附近展开了调查，找到了秘密通道的入口，就在那棵老樟树上。"

"也就是说，山崎说的都是真的？今天早上，我们去书房的时候他正在看那本书，见我们进去，他慌忙藏了起来。您是察觉到这一点才在早饭后又去调查了吧？"

"是的，是山崎先发现的。他想甩掉我们，独自进入密道，营救芳枝小姐。"

"可是先生为什么要化装成那样进入密道呢？"

"我有个想法，但完全被对方识破了。不管怎么说，今晚败给了那家伙啊。"

明智的回答像谜一般令人不解。

"小林，我被绊倒的时候手电掉了，于是连忙忍着痛在地面上摸索，想要捡回来。但还是慢了一步，被对方抢先捡走了。我之所以知道这个，是因为在黑暗中，我碰到了那人的手。"明智说到这里沉默了好一会儿，接着，不知为什么压低了声音，"那根本不像是人的手。冰冷滑腻，就像是蛇一样的让人恶心的感觉。如果当时抓住那只手，也许就能抓住凶手了。但不知为什么，我竟然犹豫了一下……那种令人毛骨悚然的感觉，我还是第一次遇到。"

"为什么不告诉我呢？那样的话，我就可以守在出口外，不让那家伙逃掉了。"

"因为我有一个计划。但是就像刚才说的，被那家伙识破了。而且在我看来，即便你守在出口外，恐怕也抓不住那家伙。"

"为什么？难道那家伙力大过人？"

"不是力气的问题。那家伙使用了魔法。明天我们再去调查一下那个出口，要保密，不要被其他人察觉。我想，到时候你就明白我的意思了。"

第二天一早，明智叫醒了小林。

两人换好衣服，脸也不洗就从后门悄悄溜了出来。

天才蒙蒙亮，寒风刺骨，两人分开杂草向着昨晚发现的密道出口进发。一路上被晨间的露水打湿了衣服。

"像这样的出口，根本不可能被人发现。"

两人在一片格外茂密的树林前停下了脚步。

"是啊。对于知道这个秘密出口的人来说，这片密林恰好可以作为标记。对于对此一无所知的人而言，这片密林就成了绝佳的掩护。这可真是个绝妙的设计！"

明智在出口前停住了脚步，并示意小林也不要乱动。

"这里的泥土很松软，应该会留下清晰的脚印吧。啊，有了，你看这里，是两个人的脚印。哈哈哈……"

明智就像个得意洋洋的小孩子似的笑了起来。小林立即明白了。他比对了两组脚印，一个是他的，另一个则是明智的。

"先生，这是我们俩的脚印。"

"是的。如果凶手从这里逃出去，是不可能不留下脚印的。"

"怎么会……"

小林大惑不解，但这似乎正中明智的下怀。

"对此，我做了三种假设。第一，凶手借着通道中的黑暗，从我们身边穿过，从反方向的神木那边逃跑了。这似乎不太可能。"

"嗯，不可能。虽说那部分地道略为宽敞，但我和山崎就在通道由细变宽的地方，凶手想要神不知鬼不觉地从我们身边溜走，是不可能的。"

"第二，凶手脚不沾地，逃之夭夭了。"

"这想法太可怕了！难道那家伙是个幽灵？"

"第三，地道里有岔道，或者可以藏身的洞窟，凶手没有直接逃出来，而是藏了起来。"

"有岔道的可能性不大，但说不定有可以藏身的洞窟。那样的话，说不定那家伙现在还藏在里面。"

小林被自己的想法吓了一跳，不由得打了一个寒战。

"不管怎么样，今天一定要请警方仔细搜查一下。"

明智似乎还是有所保留，并没有对小林和盘托出。两人只是确认了脚印，就回到了夏目家。

很快，警方赶到了现场，对地道进行了彻底搜查，并没有什么特别的收获，只是发现昨晚世本芳枝倒下的地方附近，有一处石壁上的石块能够取下来，里面有一个一尺见方的空间。

"里面有什么东西吗？"

"只有面包屑和一些橘子皮，看来是凶手存放食物的地方。"

"大概是吧。"

明智不置可否，但脸上露出了不易察觉的微笑。

再次消失的恶魔

当天晚上。

世本芳枝还是十分虚弱，有气无力地躺在榻榻米上，众人围在旁边，想要从她嘴里得出一点有价值的情报。但她始终缄口不言，直到夏目菊太郎老人问了那个十分敏感的问题。

"不，那家伙没有对我施暴，虽然把我从书房强行带到地道的时候非常蛮横，但没有出格的地方。"

"那家伙是怎么把你强行带出书房的？"

小林插话问道，他觉得实在是不可思议。

"这我说不上来。当时，灯突然灭了，我身边突然出现了呼吸声。我知道那既不是伯父也不是山崎，所以吃了一惊。我正要从椅子上站起来，那家伙冷不防从后面扑了上来，勒住了我的脖子，捂住了我的嘴。我拼命反抗，但很快就什么都不知道了。"

"能肯定那人是夏目太郎吗？"

"嗯，是他，但非常憔悴，几乎就认不出来了。尽管他是我的仇人，但一见他那副模样，不知怎的，竟然可怜起他来。毕竟他的脑子不太正常……"

世本芳枝满脸悲伤，房间里也陷入了短暂的沉默。

突然，一阵扑打翅膀的声音越来越响，一个黑乎乎的东西飞了进来。

"啊，是蝙蝠！"

大家都站了起来，想要把这不祥的动物赶出去。山崎更是找来一把扫帚，终于把这小东西打了下来。

"那是什么？瞧，蝙蝠脚上好像系着什么东西。"

山崎小心翼翼地把那东西取了下来。是一张纸条，上面密密麻麻地写满了铅笔字：

> 你们这些家伙竟敢阻挠我！我绝不会放过你们。芳枝将要和山崎结婚的事，我知道得一清二楚。好吧，我死心了，但也绝不会让她跟别人结婚。我要带着她一起下地狱。等着瞧吧。

纸条交到了明智手上，然后在众人之间传递着，所有人的脸色都变得十分难看。

"上面到底写了些什么？"

世本芳枝声音颤抖地问道。

"哦，没什么，不必担心。有我们在，你就安心休息吧。"

夏目菊太郎安慰道。

为保万无一失，夏目菊太郎老人向在门外守卫的两名警官说明了情况，请他们就在家里住下来，以应不时之需。

与世本芳枝的房间一墙之隔的是夏目菊太郎老人的书房，其他三面的房间里安排了山崎、佐助夫妇和两名警官把守。明智和小林则通宵巡视。

一点，两点……房间里一片死寂，这么严密的防范，凶手只能望而却步了。但就在两点刚过一会儿，意想不到的情况还是发生了。

世本芳枝的房间里传出一声惨叫。大家连忙冲进了房间，只见世本芳枝正缩在角落里瑟瑟发抖。她原本躺着的地方，一把寒光闪闪的日本刀刺穿了地板，直立在那里。刀柄则在地板下面。不用多说，看到这一幕，所有人都心知肚明发生了什么。

"警官，快检查地板下面！那家伙不可能马上逃走，而且这里只有一个出入口。"

山崎最先反应了过来。

虽然这是一间日式的榻榻米房间，但整栋房子都是西式建筑，地板下面并非敞开的。夏目菊太郎、山崎和佐助夫妇都知道，要潜入这房间下面，只有从仓库那边进出。

"快去仓库！快！只要把仓库门堵住，这家伙就是瓮中之鳖了。"

山崎一边大喊着一边率先冲了出去。

"先生，我们也去吧？"

小林见明智似乎对山崎的话毫无反应，焦急地问道。

但明智只是嘟囔了一句：

"就是钻到地板下面搜查也无济于事。"

小林终于还是按捺不住，不再管明智，一个人跟在大家后面往仓库跑去。等他赶到的时候，只见仓库的门大开着，两名警官正在门外警戒。

"那家伙在下面吗？"

小林问道。

"果然是从这里进去的，地板已经被掀了起来，已经有人下去找了。"

警官答道。就在这时，地板下传来了山崎的声音：

"下面确实有人爬过的痕迹，但是一个人都

158

没有。"

小林闻言大吃一惊，果然跟明智的推断一模一样。但他还是不死心，从掀开的地板钻了下去，想要亲眼确认一下。

"山崎，把手电给我。"

小林接过手电向四周照去，没有人。两人又爬到了世本芳枝房间下面，日本刀还悬在那里，不过在下面当然只能看得到刀柄。

"这是证据，请小心把它拔出来。"

话音未落，不知从哪里传来了奇怪的声音。

小林只觉得汗毛倒竖，是笑声，是那家伙的笑声！

"是谁？"

小林大喝道，笑声却突然停止了。

"是那家伙！"

"在哪里？"

小林又一次用手电照遍了地板下的每一个角落，还是不见人影。

"我们还是出去吧，堵住出口。"

山崎提出建议。于是，两人连忙退了出去，并请两名警官守住出口。

"虽然没有见到人，但既然听到了笑声，就说明那家伙就在这下面。"

回到世本芳枝的房间，山崎简单说明了搜查的经过，然后做出了这样的结论。然后，他就让佐助帮忙，掀开了几块地板，借着房间里的灯光做了再一次搜查。

"奇怪了，怎么会连个人影都没有？"

"难道又是那种可以凭空消失的魔法？"

大家满脸惊恐地交头接耳起来。

"我刚才不是说了吗，就算钻到下面去找也是无济于事。"

从刚才就一直态度冷淡的明智苦笑着说。

就这样，这次的搜查又不了了之了。

明智的诡计

之后的五天一直平安无事。

世本芳枝被转移到了一间西式的房间，虽然并没受什么伤，但精神上的刺激似乎非同小可。已经连续几天不怎么睡觉了，却异乎寻常地越来越病态地亢奋。经常突然指着房间的某个角落歇斯底里地大叫：

"那里！在那里！"

山崎日夜守在床边，精神也日渐衰弱。不只是他，夏目家的所有人都被连日来的惊扰搞得心神不宁。

案发后的第四天，夏目菊太郎老人和小林之间有过一次谈话。

"小林……我件事……我总觉得……"

"什么事？请不妨直说。"

夏目菊太郎似乎难以启齿，又纠结了好一会儿，才开口说道：

"我总觉得明智先生他……根本看不出是一个名侦探。虽然这么说不太礼貌，但是他简直就像个脑子不太正常的家伙。"

看得出，夏目菊太郎老人已经在极力压抑对明智的不满。

"就说在地道里吧，他既然已经查明了那条地道，却没有安排人堵住出口，这样怎么可能抓得到凶手呢？山崎对此非常不满，我也觉得他对明智先生的指责是有道理的。而且，打扮得跟凶手一模一样在树林里游荡，这怎么看也只能说是骗小孩子的把戏嘛。

"还有，那天的事情。你和山崎都奋不顾身地钻到地板下搜查，可他却袖手旁观，还说什么风凉话。"

"您说的这些不能说没有道理，但是明智先生不管做什么事，总是有他的理由。比如地道的事，事后查明确实没有有人从出口逃跑的任何迹象。上次的事也是，正如明智先生断言的那样，即便我和山崎钻到地板下面搜查，也还是什么都没发现。到了适当的时候，我想明智先生一定会当机立断，漂亮地解决案件。"

　　小林对明智最为了解，所以极力为他辩解，但夏目菊太郎老人似乎还是对明智成见颇深。

　　"还有一件事。那天他一来，就把我叫到一边，让我给他一张最近的照片，还一再要求我不要对任何人提起。虽然不明所以，我还是给了他一张照片，他马上就用航空挂号信不知寄到哪里去了。不管我怎么问，他都只是笑笑，什么都不肯说。

　　"还有，两天前，他突然喊住我问道，'你一共有多少财产？'我回答说'就这些，没多少'。你猜他怎么说的？'呵，你还真是个大富豪呢！'话语间满是讥讽。还说什么'你膝下没有子女，财产最终都会落到别人手里。唉，你打算让谁继承'？这跟案件有什么关系？但我想，也说不定他发现了什么特别的线索，就回答说我准备让芳枝继承。事实上，这也是我真正的打算。让山崎和芳枝结婚，让他俩继承财产。没想到我刚一说完，他却问我'你写过遗嘱了吗'？我实在忍无可忍，冲着他说'我还没死呢'！谁知话音刚落，他竟哈哈大笑，说什么'啊，原来是这么回事。我也觉得你还没有写遗嘱'。

"就在刚才，邮递员送来一个邮件，是寄给他的，也是航空挂号。他收到邮件，就来到我的房间对我说'快写遗嘱吧'。我问为什么，他却说不管怎么写都行，但一定要写。这是一个正常人会说的话吗？

"不光这些，他还说什么'我明天一早就回东京，请把我送到 T 车站'。我一听这话真生气了，大声吼道：'你要回去就回去！你来我这里到底是干什么的？要我送你回去，想都别想。告诉你，遗嘱什么的，我是不会写的！'"

夏目菊太郎老人越说越激动，脸涨得通红。

"您说明智先生要回东京？我想他一定有自己的理由。侦探这行，有时候就是会让人觉得不可思议，甚至无法接受。特别是明智先生，在有十足的把握之前，他是不会轻易吐露半个字的。"

"他如果有什么打算，事先向我说明又有什么不好呢？"

看起来，老人的心结一时半会儿还无法化解。但此后仅仅过了两个小时，吃晚饭的时候，夏目菊太郎老人的态度不知为什么竟然与之前截然相反。

"小林，明天一早我就送明智先生去车站。我跟他谈过了，他应该去。他去东京也是为调查这起案件。还有，我已经按照明智先生说的写好了遗嘱，明天就会向大家公布。"

小林一时间目瞪口呆，完全无法想象这短短的时间里到底发生了什么。但是他知道，现在即便去问明智先生，也不会有什么结果，只能暂时顺其自然了。

第二天早上八点左右，明智做好了出发的准备，与大家告别后，由夏目菊太郎老人送去了T车站。小林和山崎都要求代替老人送行，却遭到了明智的反对。

"你们都留下来守护芳枝小姐。夏目老人自己送我去车站就可以了。绿衣人什么时候会再出现，谁也不知道，所以你们要一步不离地守护在芳枝小姐身边。特别是小林，其他事情都可以不做，就在芳枝小姐的房间里守着她。当然是跟山崎一起。这是特殊时期，为保万全，两个人一起守护芳枝小姐也不嫌多。"

明智再三叮嘱，才上了车。

山崎就像换了个人似的，不但神采奕奕，还不时露出由衷的微笑。早饭前，夏目菊太郎老人把他叫到了书房，两人说了很长时间，显然已经把两人的婚事以及遗产的安排都告诉了他。

明智和夏目菊太郎老人很快就到了T车站，距离发车还有一个多小时，他俩商量后，决定去附近的旅馆休息一会儿。

"我们想要好好休息一下，请不要打扰我们。"

明智对服务员吩咐道。

一个小时很快过去了，临近发车时间，两人从房间里走了出来。只见明智将帽檐压得很低，还戴上了一副宽边的玳瑁眼镜，围着厚厚的围巾，大衣的领子也高高竖起。夏目菊太郎老人则戴了一顶鸭舌帽，瘦小的老人不知怎的，看起来竟然稍稍胖了一些。

两人过了检票口来到月台上，谁都没有说话，只是默默地点了点头，明智就上了二等车厢。

不一会儿，明智从车窗里探出头来。

"祝您一路平安！"

月台上的夏目菊太郎老人走上前去，用奇怪的沙哑声音说道。明智也说了句什么，但是围着围巾，月台上又十分嘈杂，除了夏目菊太郎老人，谁也听不到说的是什么。

发车的铃声响起，列车缓缓驶出了月台。

"请保重！刚才说的事情就拜托了！千万别大意！"

夏目菊太郎老人挥舞着鸭舌帽，对着渐行渐远的火车大声喊道。

最后的表演

　　送走了明智，夏目菊太郎老人回到家，站在房间门外简单询问了世本芳枝的情况后就回书房去了。连日来的纷纷扰扰显然让已经上了年纪的老人十分疲惫，一走进书房便坐到书桌后的椅子上一言不发。

　　拉上窗帘的书房里十分昏暗，老人只是坐在那里，好像在思考什么重要的事情，一整天都没有出门，一日三餐都让人送到书房。只要有人推门进来，还不等开口，他就会抬手制止：

　　"我不太舒服，有事回头再说吧……"

晚上，夏目菊太郎老人早早就上了床，很快就进入了梦乡。房间里的灯都已经关上了，只留下床头的小夜灯还散发着如豆的昏黄灯光，照着老人的雪白的胡须随着深沉的呼吸一起一伏。

窗子明明都关着，房间里也没有风，但红色的窗帘却诡异地晃动着。窗帘下露出两条腿，穿着绿色的裤子。随后，窗帘缓缓动了起来，渐渐露出的缝隙里闪过两点寒光。那双贪婪的眼睛死死地盯着熟睡中的老人的脸庞，好像在确认他是不是真的睡着了。

房间里只有挂钟滴答滴答的单调声响，就这么又过了一会儿，确认安全之后，窗帘继续向两侧拉开，一个身影完全暴露了出来。蓬乱的头发、醒目的伤疤、一身绿衣，是那家伙，是绿衣人！

绿衣人轻手轻脚地来到床边，夏目菊太郎老人对即将到来的危险浑然不知，依然熟睡着。

绿衣人低头凝视片刻，终于下定决心似的朝着老人的脖子伸出了双手。

"混蛋！"

就在恶魔的双手马上就要触及老人脖子的时候，一声厉喝突然从白须下的嘴里发出，老人睁开了眼睛，白眉下的双眼在昏暗的房间里显得格外清亮。

绿衣人被这突如其来的变故吓得呆若木鸡，一时间竟然不知如何是好。两双眼睛就这么直直地对视着。

不可思议的是，垂垂老矣的夏目菊太郎老人竟然在气势上战胜了对手。他怒视着凶手，不动声色地慢慢地支起身体，从床上坐了起来。

突然，他一把抓住了绿衣人那头乱发，猛地往下一拽，竟然被拽了下来——是假发！

绿衣人对此毫无防备，来不及招架，露出了假发下的一头黑发。

"果然是你这个混蛋！我早就察觉到了。一直都在等你自投罗网。没想到吧，你上当了！哈哈哈……我看你还是趁早投降吧！"

穿着睡衣的老人气势陡增，下了床，在不知所措的绿衣人面前步步紧逼。

"喂，老东西，看这个！"

不料，绿衣人毫不示弱，丝毫没有投降的迹象，不知什么时候，手里已经多了一把手枪，黑洞洞的枪口正对着老人的胸口。

"既然被你看见了我的真面目，就更不能让你活下去了！"

形势急转直下，老人完全没有料到凶手竟然有枪。

砰！

一声枪响，老人胸前先是多出一个黑点，大片的殷红随即扩散开来。

白色的胡子一阵颤抖，老人嘴里发出含混的呻吟，手里抓着假发倒了下去。

绿衣人立即扑了过去，一把夺过老人手里的假发戴在头上，然后毫不犹豫地冲向窗口。

红色的窗帘一阵抖动，绿色的身影消失在了夜色之中。与此同时，黑暗中又响起了那令人毛骨悚然的笑声。

不等笑声停止，门外走廊上就传来了急促的

脚步声。是佐助，他被枪声惊醒，第一时间赶了过来。

来不及敲门，他一把推开房门，就看到了倒在地上的夏目菊太郎老人的尸体，胸前的伤口还在不断地渗出鲜血。

"老爷，老爷！快醒醒！"

任凭佐助呼喊摇晃，夏目菊太郎老人只是耷拉着脑袋，断线木偶似的毫无反应。

"不……不好啦！老爷被害了！快来人！快，快来人！"

佐助的尖叫传遍了整个房子。

然而，山崎、小林、佐助的妻子，还有值夜的警官，不知为什么都没有第一时间赶来。

"山崎，快来啊！小林！"

佐助又冲到走廊上不停呼救。

最先赶来的是警官，然后是佐助的妻子，又过了一会儿，身穿睡衣的山崎才赶了过来。大家聚集在夏目菊太郎老人的房间门前。

"怎么回事？"

"老爷死了！是那家伙！我听见了绿衣人的笑声。"

警官不等佐助说完，就冲进了房间。

山崎紧随其后。

小林和世本芳枝听到楼下的喧哗，这时候也从二楼下来了。

"喂，佐助，你过来！尸体呢？"

房间里传来警官气急败坏的声音。

"什么？你说什么？尸体不就倒在地上吗？"

佐助气呼呼地走了进去，正要伸手指向刚才尸体所在的地方，突然愣在了当场，继而大声惊呼道：

"这是怎么回事！刚才明明……"

"喂，佐助，这是怎么回事？你该不会是做梦吧？"

山崎站在门口，按下了开关，打开了房顶的吊灯。原本昏暗的房间里顿时亮了起来。

"怎么可能是做梦！我刚才明明亲眼看到了，还扶着老爷的肩膀……"

佐助一边说一边东张西望。突然，他指着床边的地毯说：

　　"看！你们看！这就是证据！这血就是从老爷胸口流出来的！"

　　大家立即围了上来。

　　果然有血迹！而且是新鲜的！

　　从佐助发现尸体到大家赶来，最多不过一两分钟时间，凶手竟然隐匿了尸体。

　　"是那窗户！"

　　警官跑到窗前掀起窗帘——玻璃窗半开着，外侧的百叶窗已经被破坏了。

　　"喂！"警官把脑袋伸到窗外，朝在房子另一侧世本芳枝窗下值夜的警官喊道，"那家伙从这窗户潜了进来，杀了夏目老人后又带着尸体从这里逃走了，难道你什么都没看见？"

　　"什么？怎么可能？我一点都没察觉！"

　　这也难怪，夏目菊太郎老人房间的窗户和世本芳枝房间的窗户开在房子不同的侧面，而且之间还有一段距离。他站在那里根本看不到这边。

随后的一个多小时，两名警官、山崎和小林打着手电在房子周围展开了搜查。随后，接到紧急报告的警署署长亲自带着两名便衣警官赶来了。大家集中在书房里，例行的讯问过后，开始商量下一步的行动。世本芳枝也参与了讨论。

大家围坐在书桌周围，个个神色木然，不知如何是好。

"明智大侦探呢？"

警察署长突然发现少了一个重要人物。

"先生说要回东京调查一些事情，今天早上离开了……"

"什么？去东京了？真是猜不透他的想法啊。"

警察署长不满地嘀咕道。

"您可能对明智先生不了解，我在他身边当了多年助手，非常清楚他卓越的侦查能力。这起案件的来龙去脉，他已经了如指掌，凶手的动机和手法也已经一清二楚。"

"明智小五郎的高超手段我早有耳闻，他在我们警界也算是大名鼎鼎的人物。可不管怎么说，眼下这种时候回东京不太合适吧？况且，虽然他说是回东京了，到底是不是真的去了，也还不好说吧？"

就像事先排练好的似的，就在这时，书房门轻轻地打开了，一个一身黑衣的瘦高男人走了进来。

"明智先生！"

待看清来人，众人都是一脸惊讶。

来人正是大侦探明智小五郎。

他默默地以眼神向大家致意后，大步走到了书桌旁，在一张椅子上坐了下来。又一次环视众人之后，他才终于开了口：

"对不起，让大家受惊了！我中止了东京之行，刚回来。"

"夏目老人被枪杀了，现在连尸体也不见了。"

警察署长坚持自己刚才的观点，追究明智临阵逃脱的责任。

明智只是微笑着点点头：

"嗯，我已经知道了。事实上，我就是在等着这一时刻。好了，绿衣人现在已经跑不了了。"

警察署长闻言面露不快，警官们脸色铁青，佐助夫妇都快要哭出来了。明智那番不合时宜的发言显然让大家很不高兴。山崎面无表情，冷漠地看着明智。明智却丝毫不以为意，嘴角挂着难以捉摸的微笑，饶有兴趣地观察着每个人脸上的表情。

警察署长的推理

"明智先生，这么说，您已经知道这次案件的真相了？"

警察署长终于按捺不住，率先发难。

"是的，正像您说的那样。"明智镇定自若地答道，脸上依然带着笑容，"署长先生，从一开始，也就是从东京代代木世本静夫凶杀案开始，只要认真研究案情，绿衣人一案就不难侦破。从世本静夫凶杀案发生到今天，您是否感觉到了什么？"

"对于东京的案子，我没有投入过多精力去了解，因而可能并没有您所期望的感觉。这里的案子，我做了许多假设，但最终都被我自己否定了，因为，这些假设中总有自相矛盾的地方，不过……"

警察署长的发言带有明显的敌意。

"不过什么呢？"

明智依然一副胸有成竹的样子。但警察署长显然把这当成了一种挑衅。

"不过，我有一个假设，可以解决所有这些矛盾。这实在是个让我自己都大吃一惊的假设。明智先生，就像您常说的那样，这是前所未有的犯罪手法。"

"哦？既然是集思广益，就请畅所欲言吧。"

"我看这样吧，如果可以的话，请允许我向您提一个问题吧。这可能是一个非常出人意料的问题，可以吗？"

警察署长不知为什么，变得慎重起来。

"当然。请不要有顾虑，说说看。"

身为警察署长，他深知自己绝不能信口雌黄，但不管看起来多么荒诞不经，他确信，自己的推理是正确的。

"我的推理的出发点，就是前几天发生在这里的案件。首先让我觉得不可思议的是，明智先生，您没有知会任何人，就偷偷摸摸地潜入了那个地道。而且还打扮得跟绿衣人一模一样。我不明白，要抓住凶手就一定要化装成凶手的样子吗？"

"这不是三言两语就能说清楚的。我之所以那样做，是有充分的理由的。如果只看表面现象，可能会感到不可思议。想要说清楚的话，得按照顺序从头说起。"

"就算再怎么复杂，也不会说不清楚吧？"

"这倒也是。但是现在还不到说明的时候。"

明智一口拒绝了警察署长的要求。

"那，请容我做一个假设，也许只是猜疑……"

"哦？猜疑？太有意思了！快说来听听。"

"当时，凶手最终还是逃之夭夭了。能够逃跑的路线，就只有那个出口了。山崎知道那里，您当然也知道，但是事后发现，那里只留下了您和小林的脚印。那一带的泥土非常松软，凶手又不可能飞过去，所以一定会留下脚印。可是……我不相信一个大活人能够凭空蒸发，或者长出翅膀飞过去，我想在座的诸位也都不会相信。这里面一定有什么我没有考虑到的巧妙机关。我想了许久，突然想到一样东西，那就是您放在箱子里的镜子！足有一尺见方的大镜子。”

"喂，喂，您怎么可以私自打开我的箱子？"

这下明智终于不那么淡定了。

"我虽然猜到里面肯定放着镜子，但具体的尺寸就不知道了，所以才想弄个清楚。这也要怪您疏忽大意，竟然没有锁上箱子。"

"好吧，别的暂且不说，我想知道您从这镜子推理出什么了？"

"我发现，地道里根本就没有什么绿衣人！您明白我说的吗？您只不过在黑暗的地道里一手拿镜子，一手拿手电照向自己的脸罢了。而且很快就熄灭了手电。因为您已经知道了小林在跟踪，而且清楚地知道他当时的具体位置。所以您当时是故意让小林看到那一幕，造成了地道里有两个绿衣人的假象。我不得不承认，这实在是太巧妙了。"

"署长先生，您是说，明智先生当时在演独角戏？"

小林深感震惊，大声说道。

"是的！这样一来，他就可以让大家发现，地道出口没有留下绿衣人的脚印。"

"明智先生为什么要那样做呢？"

"你还不明白？明智先生想让我们大家相信，除他以外有一个真正的绿衣人。"

"署长先生，按照您的说法，凶手当时不在地道里，那么绑架芳枝小姐的到底是什么人呢？"

小林竭力为明智辩解。

"我只是说你看到的一个绿衣人不过是镜子里的倒影。至于凶手，当然在地道里，不然就不会有案件发生了。诸位，我想大家已经明白了吧？"

警察署长紧盯着明智的脸，兴奋得双颊泛红。

"哈哈哈……您说我是绿衣人？这实在是太有意思了，哈哈哈……您的推理将给我留下极其愉快的回忆，但是您好像并没有确凿的证据，而且，您

182

的推理从一开始就是站不住脚的。"

明智捧腹大笑。

"明智先生，您是要我出示证据吗？那好，今晚您为什么化装成绿衣人潜入了芳枝小姐的房间？要不是我的一名部下及时赶到，芳枝小姐恐怕已经命丧你手了。"

"什么？竟然有这种等事？"

众人一片哗然。这是大家第一次听说这事，一时间所有人都目瞪口呆。

"明智先生要我的部下不要对任何人提起这件事，但现在看来，不能再隐瞒下去了，这可是确凿的证据。"

警察署长说完回头看了一下一名警官，示意他说。

"傍晚时分，我路过芳枝小姐的房间，当时小林恰好不在，我无意中瞥了一眼，发现芳枝小姐的床边站着一个人，绿衣人。我大喝一声就要冲过去，但绿衣人回头看了我一眼，就一个箭步蹿出了房间，想要从我身边冲过去。我一把从背后抱住了他，刚想要叫人来帮忙，没想到他竟停止了反抗，反而对我说：'别喊，别喊，是我。'那声音非常熟悉，于是我下意识地问他是谁。他说：'是我啊。'说着，摘下了假发，又一把从脸上扯下了那条伤疤，原来那也是假的。没想到竟然是明智大侦探。我问他：'您不是去东京了吗？'他说他中止了东京之行回到这里是有原因的，但是要到适当的时候才能说，在那之前，要我一定要对这件事保密。但是无论如何，我不能不向我的上级报告，于是，我就把这些一五一十地告诉了署长。"

警察署长接着说道：

"当时，明智先生正要掐住芳枝小姐的脖子。芳枝小姐，是这样吧？"

大家的视线一齐转向世本芳枝。她半卧半坐地躺在床上，有气无力地说：

"确实如此，我做梦也没有想到，明智先生竟然会……"

"明智先生声称回了东京，却又偷偷回到了这里，好实施他的罪恶勾当。明智先生，我没说错吧？"警察署长一副胜利者的口吻，"小林说，明智先生经常化装成凶手的样子，好让自己完全代入，研究凶手的犯罪心理。依我看，与其相信这种玄之又玄的解释，倒不如说明智就是绿衣人，倒是更能说得通。侦探化装成凶手，凶手就是侦探，正如明智自己所说，这可是犯罪史上从未有过的奇案。但是只要想明白了这一点，所有的矛盾就都迎刃而解了。想要靠凶手自己捉拿自己，这不是永远不可能的事吗？"

警察署长的这番推理实在太过惊人，房间里的所有人都需要时间慢慢消化，所以一时间书房里陷入了沉默。

明智小五郎的推理

　　明智出乎意料的冷静，嘴角甚至依然挂着微笑。

　　"太精彩了！我都听得入迷了。简直就像是精彩的推理小说。"

　　"明智先生，现在就请您解释一下您的种种行为吧。正如大家刚才看到的那样，我的推理可是有确凿证据的。"

　　"我承认我的行动有些可疑，但正如我之前所说，这都是都充分的理由的。"

　　"那好，就请您说说您的理由吧。"

　　"当然，我到这里来，就是为了向大家揭开案情的真相。但是这次的案件十分复杂，需要按照顺序从头说起。在那之前，为了消除误会，我想先请大家考虑这样一个问题。几天前，芳枝小姐被凶手从这个书房强行带走，关进了地道。那应该是当天晚上十点多吧？小林，你和大江来找我是什么时候？"

"是案发第二天下午。"

"也就是说，那时距案发只有十几个小时。大家能明白我的意思吗？如果我就是绿衣人，那就意味着我必须要在这么短的时间内，从这个交通极其不便的K镇赶回东京。从这里到T车站，即便开车全速赶路，至少也要四五十分钟。而且，把芳枝小姐从书房带出去关进地道，显然也需要一定时间。这样算来，赶到T车站最快也要到凌晨了。晚上十点一过，T车站就没有列车了。如果坐汽车到大阪，也要黎明时分才能赶到。然后中午前赶回东京，这是完全不可能的。我说明白了吗？"

"如果这世上还没发明飞机，明智先生，您的这番诡辩也许还能蒙混过关。"

警察署长极尽讽刺之能事。

"您想得还真周到。"明智丝毫没有慌乱，"只要查一下就会发现，没有时间合适的航班。只要中午之前不能到达东京机场，我就没有足够的时间赶回事务所，并提前化好装等着小林和大江来访。这样一来，凶手，不，也就是我，只能雇用一个民间飞行员，这样的话时间上就没有问题了。但即便如此，如果我真的就是绿衣人，为什么要把芳枝小姐扔在地道里，自己匆匆赶回东京呢？当时我是不可能知道夏目先生给小林发了电报，小林和大江会在第二天下午赶到事务所找我的吧？"

明智的说明简单明了，却有着十足的说服力。警察署长见自己的推理马上就要被彻底推翻，不由得激动起来。

"就算你说的这些都对，但是有一件事，你无论如何也无法辩解。你为什么要潜入芳枝小姐的房间，还试图掐死她？"

众人原本已经开始倾向于明智，但警察署长的这一问实在致命，看起来没有任何辩解的余地。

"关于这一点，就需要从头说起了，还请大家多给我一点时间。"

明智依旧从容不迫。

"首先，请大家回忆一下本案凶手出现的所有场合。根据我的统计，凶手不直接现身而只出现影子或者发出声音的，一共有六次。从背后袭击大江以及被小林在望远镜里看到，共有三次，这三次凶手虽然现身，但当事人只看到了一身绿衣。另外在水族馆、S村海岸的洞穴、这里的树林里以及地道中，合计有六次。仔细回想一下就会发现，虽然凶手出现了这么多次，但每次不是环境十分昏暗，就是距离太远，以至于我们竟然没有一次看清凶手的长相。

"凶手一共出现十五次，其中竟然有十二次非常模糊。如果说是偶然，这比例不是太高了些吗？我们只能认为，尽管凶手肆意妄为，却无论如何不想被人看到自己的脸。

"能够看到凶手的脸的只有三次，其中两次都是绑架芳枝小姐的时候。还有一次是在酒店，酒店经理、服务员，以及租车公司的司机都看到了，因为那时凶手毫不掩饰。这说明凶手认为被这些人看到自己的脸没有关系。不过当小林他们赶到酒店的时候，凶手就消失得无影无踪了。

"这其中有一个很大的矛盾：凶手极度害怕被别人看到自己的脸，却又始终身穿一身无比招摇的绿衣。这个矛盾就是我推理的突破口。

"这矛盾究竟意味着什么呢？只能有一种解释，凶手绝不是夏目太郎，而是另一个人为了冒充夏目太郎，刻意强调这身绿衣。当然，那头乱发也是假发，脸颊上的伤疤也是假的。为了不被人识破伪装，凶手才会以这种极其暧昧的方式出现。

"以此为基础继续推理，就不难解决本案里的另一个矛盾，即凶手为什么要那样残酷地杀害自己的亲生父亲。因为凶手不是夏目太郎，夏目菊次郎也不是凶手的父亲。

"既然凶手不是夏目太郎，那夏目太郎又在哪里呢？真正的凶手又是什么人？是我们熟悉的人还是陌生人？

"关于凶手到底是不是我们熟悉的人，我想到了一个确认的办法。我们挑出只有影子出现的场合。银座那次的目击者是芳枝小姐、小林和大江；在世本家见到影子的，是世本、芳枝小姐和大江；在世本家第二次见到影子的，是小林和大江；在酒店见到影子的，是小林和中村警部；在这个书房见到影子的，是夏目菊太郎先生、芳枝小姐和山崎。凡是我们认识的与这起案件有关的人，都见过影子。

"就现在在座的各位来说，小林、山崎和芳枝小姐都看到了，而且每次都不是一个人，都有其他人在场，所以这是可以确信的事实。

"既然看见了影子，那影子就不可能是他的。诸位都是这么想吧？果真如此吗？"

明智说到这里停了下来，视线扫过在场所有人的脸，嘴角挂着深不可测的微笑。片刻之后，他才继续说道：

"诸位，我要明确告诉你们的是，不是那么回事！凶手的狡猾在这个问题上展露无疑。我们必须更细致一些研究影子出现时的情况。首先是出现在银座的影子，确实是会动的。然后是出现在世本家门前的影子，据说嘴唇也是动的。还有出现在世本家窗户上的影子，动了吗？小林，发出笑声的时候，那影子动了吗？"

"记不清了。好像没动。"

"再接下来，是凶杀案发生后出现在世本家窗户上的影子。这次呢？"

"虽然只是一瞬间，可影子确实是动的，逃出窗外时也很清楚。"

"酒店里的影子呢？"

"在动，很明显，笑得前仰后合的。"

"最后是书房窗户上的影子。山崎，请你回忆一下。"

"是动的。"

山崎的回答很干脆。

"真的吗？我想你一定是记错了，那影子应该是不会动的。"

"确实是动的……可是，明智先生，您怎么会知道那影子没有动？"

山崎不可思议地反问明智。

"我这样说当然是有根据的。我们不妨做个实验吧。这实验十分有趣，请各位仔细看好了。"

明智又颇有深意地笑了起来。

突然，他站起身来，把自己坐的那张椅子移到一边，指着下边的地毯说：

"这地毯下边装有一个很小的开关，不仔细看很难发现。我坐在椅子上可以用脚按这个开关，这样动作，丝毫不会被人察觉。好，我这就开始实验。"

明智把椅子放回原来的位置，重新坐了下来。

"看……"

随着明智的声音，书房里一片漆黑，显然是他踩下了那个开关。

黑暗里，大家的视线不约而同地集中到了朝向院子的窗户上。

啊，这是怎么回事？在院子里夜灯的映照下，窗户上清晰地映出了一个黑影！蓬乱的头发，肥大的披风，是那家伙！是绿衣人！

黑影一动不动，却发出了笑声，那令人毛骨悚然的笑声。虽然大家都已经明白了那不过是受某种机关控制的把戏，但听到这可怕的笑声，还是像被人当头浇下一盆冷水似的，不由得打了个寒战。

诡异的笑声仿佛来自地狱，在黑暗中回荡着，久久不息。

一名性急的警官猛地站起身来，就要向窗口扑去。

"等等，那里什么也没有，不过是个影子而已。请大家仔细看看，那不是像个剪纸似的一动也不动吗？"

听明智这么一说，那名警官也愣住了，和大家一起死死地盯着窗户上的影子，果然一动不动。难道窗外有与人等大的人偶？

"山崎，你见到的影子不就是这样的吗？"

山崎似乎无言以对。

"诸位，这下明白了吧？影子不会动，是因为那根本就不是人的影子。"

明智说着又一次触动了脚下的开关，书房里又亮了起来。与此同时，窗户上的影子也消失了。

"哈哈哈……就像大家看到的那样，只不过是个骗小孩子的把戏，一旦说穿了就没什么了。脚下一踩开关，房间里的灯就灭了，与此同时，树林里幻灯机上的灯就亮了，画在玻璃片上的绿衣人的剪影都投射到窗户上了。署长先生，您可以带人到院子里搜查一下，很容易就可以在树丛里找到那幻灯机。"

听完明智的解释，大家被这出乎意料的真相惊呆了，一时竟难以完全相信。这起轰动一时的凶杀案，竟能以这种小孩子的把戏糊弄过去吗？不，等等，影子不动的情况，不是只有两次吗？其他影子会动的时候又要怎么解释呢？

警察署长带了两名警官去院子里搜查了，明智还是坐在那里，视线不时在众人脸上扫过，好像在监视着什么。

"明智先生，如果影子来自幻灯机，那笑声又是怎么回事呢？"

警察署长很快带着部下回来了，果然在院子里的树丛中找到了幻灯机，这下不由得他不相信明智的说法了。

　　"您是说笑声啊？不得不承认凶手确实有一些歪才，但是他的这种把戏骗得了别人可骗不了我，因为恰好我也会这种小把戏呢。哈哈哈……"

　　明智说完闭上了嘴，但不知从什么地方竟然又响起了那可怕的笑声。众人惊愕地四处查找，但怎么也不能确定声音的来源。片刻之后，那笑声逐渐消失了。

　　"哈哈哈……"这次是明智在开怀大笑，"除了幻灯片，凶手还耍了一手腹语术。"

　　"什么？腹语术？这么说，刚才的笑声是你发出来的？"

　　"是的。我曾经为了一个案子学会了这个。虽然没有听过那笑声，但我想应该都差不多吧。实际上，不管谁用腹语术，发出的声音都差不多。"

　　"也就是说，凶手用幻灯机把影子投射到窗户上，然后在屋里用腹语术发出笑声？"

"是的，当时的诡异气氛之下，任谁都会以为那笑声是影子发出的吧。"

"难道说不管是在世本家还是在这里，凶手当时就在房间里？"

"是的，两次都在房间里！之所以这么大费周章，就是为了制造自己的不在场证明。用幻灯机把影子投射在窗户上，然后用腹语术发出笑声，让大家以为凶手就在窗外，从而排除自己的嫌疑。"

"这么说，凶手……"

警察署长焦急地问道。

凶手的真面目

　　"我们不妨逆向思考一下这个问题。"明智越发游刃有余了，"凶手就在这两次影子的目击者中。在世本家那次，目击者是世本、芳枝小姐、小林、大江；在书房里那次，目击者是夏目菊太郎先生、芳枝小姐、山崎。两次都有芳枝小姐，但她是本案的受害者，所以可以排除。这样一来，哈哈哈……就形成了这样一个有意思的局面，就是说，一方面凶手就在这些人之中，另一方面，这些人之中又没有完全符合的人选。诸位，这次案件的精彩之处就在这里。"

房间里鸦雀无声，大家都不自觉地屏住了呼吸。

　　"诸位，只要搞清楚凶手为什么要把世本静夫的尸体藏到银行金库里，就可以解开这个谜团了。代代木凶杀案中，谁都知道被害人是世本静夫，尽管如此，凶手还是费尽心机藏匿尸体。这是为什么呢？"

　　就在这时，随着细不可闻的"咯噔"一声，一个小玻璃瓶滚落在地，但是所有人的注意力都集中在了明智身上，谁都没有注意。

　　"因为被害的人根本不是世本静夫，为了保住这个秘密，凶手才会隐匿尸体。那么，被杀害的究竟是谁呢？关于这一点，我暂时还没有确凿的证据，但是联想到绿衣人并不是那个脑子不太正常的夏目太郎，和这点对照来看，大家是不是可以得出合乎逻辑的结论呢？

　　"凶手杀害了因为狂热地爱着芳枝小姐而前去世本家纠缠的夏目太郎，给尸体换上世本静夫的衣服，然后等待事先约好要去拜访的小林和大江成为证人。一般人见到尸体，本能的反应就是恐惧，不会上前查看。更何况当时房门是锁着的，只能通过钥匙孔窥视。在世本家，尸体又穿着世本静夫的衣服，自然就会认定被害的就是世本静夫。事实上，大江也确实是这么认为的。但是凶手没想到大江竟然破门而入。绝不能让大江看到尸体的脸，于是凶手在背后偷袭了大江，让他昏了过去。"

"那世本静夫呢？难道他还活着？"

警察署长忍不住插嘴问道。

"是的，还活着，他就是杀害夏目太郎的凶手，就是真正的绿衣人！他在自己家杀害了夏目太郎，把尸体伪装成自己藏匿起来，然后用假发和一身绿衣服化装成夏目太郎。"

"你是说芳枝小姐被绑架的那天晚上世本静夫也在场？"

"是的，不过已经化了装。世本静夫虽然是个小有名气的画家，但一直深居简出，不爱跟人交往，几乎所有工作都是靠信件交流的。我想，恐怕从那时候开始，他就已经着手准备这一系列的犯罪了。"

"等等！我还有一点疑问。"警察署长再次插嘴道，"如果世本静夫就是绿衣人，那他为什么还要绑架芳枝小姐呢？他们原本不就是夫妻吗？杀害夏目太郎后，再扮作夏目太郎绑架芳枝小姐，这样做不是毫无意义吗？"

"是的，是的。"

明智竟然有些兴奋起来，那架势简直就像在说，我早就在等你这么问了。

"这次的案件最大的秘密就在这里。所有人都以为这是丧心病狂的凶手为了得到芳枝小姐犯下的连环杀人案。但这只不过是凶手设计好的障眼法。他化装成夏目太郎，到处追着芳枝小姐不放，只是为了转移大家的注意力，把他真正的目的隐藏起来。他先是杀害了夏目太郎，然后是夏目菊次郎，最后又杀害了夏目菊太郎，这三起凶杀案才是凶手真正的目的。这么说大家明白了吧？也就是将夏目家赶尽杀绝，从而侵吞夏目家的巨额财产！"

"企图从地板下用日本刀刺杀芳枝小姐也是为了同样的目的吗？"

"不，不是的。凶手根本不想伤害芳枝小姐，他们可是夫妻啊。而且，他也已经以新的身份取得了夏目菊太郎老人的许可，可以跟芳枝小姐再度成婚，成为夏目家遗产的合法继承人。

"现在大家该明白凶手是谁了吧？就是他！真正的凶手，一个人扮演了三个角色，绿衣人、世本静夫、夏目太郎。"

明智正义凛然地指向了山崎。

山崎的脸上毫无血色，冷汗直流，但当大家的视线都集中到他身上时，他竟然大笑起来：

"哈哈哈……明智先生的想象力实在是太丰富了……哈哈哈……"

"你还不死心吗？既然如此，我就继续揭露你的罪行吧。

"你先是化装成绿衣人，在海边的洞穴里让一名渔民把伪造的信交给夏目菊次郎。之所以交代那渔民一定要下午再把信送去，就是为了留出时间赶回夏目家。然后，等夏目菊次郎心急火燎地赶往洞穴的时候，若无其事地跟在他身边。就在他进入洞穴，满以为马上就能见到自己的儿子的时候，你就从背后杀死了他。洞穴里当然不会有什么绿衣人，所以无论怎么搜查，都不可能找到任何蛛丝马迹，因为真正的绿衣人已经安然无恙地回到了夏目家。

"在水族馆里的事就更简单了。当时小林准备和你两面夹击，你先一步进去，化装成绿衣人，故意蹲在水槽下被小林看到，然后趁小林摔倒的工夫，转过转角之后，随手把假发和绿衣服藏到什么地方，再折返回来，就跟小林迎面撞上了。

"地板下的笑声就不用我再多说了吧？喂，山崎，不，世本，你还有什么要说吗？"

"呵呵呵……明智先生，您的推理实在精彩，但是，证据呢？您有证据吗？"

"你想要证据？当然没问题。今晚你潜入夏目菊太郎老人的房间，枪杀了他吧？"

"我不知道您在说什么。但是如果您事先已经知道夏目菊太郎先生有危险，为什么只是袖手旁观？"

"要说袖手旁观的话，我倒确实亲眼看到你用那把装了空弹的枪对菊太郎老人射击了。"

"什么，空弹？"

"呵呵呵……是的。枪里的子弹已经被我提前调包了。你是不是自以为已经得逞了？那只不过是把事先藏在睡衣里的血袋压破了。"

"怎……怎么会这样?!"

"哈哈哈……可不光是这样。你看。"说着，明智不知从什么地方取出了一个假发套，戴上之后俨然就成了夏目菊太郎老人，"怎么样，吓了一跳吧？哈哈哈……你要了那么多把戏，我也回敬你一个。夏目老人现在正在舒舒服服地泡温泉呢。当然了，仓促之间，我们的伪装都不可能天衣无缝，所以我一回来就把自己关进了书房里，夏目老人则一直待在温泉旅馆里闭门不出。

"之所以让夏目老人写好遗嘱，是因为我知道你一直等的就是这个。只要拿到了遗嘱，你就会对最后一个目标下手了。怎么样，山崎，现在还要说我没有证据吗？我可是亲眼看到了你这张脸啊。"

"好吧，我认输。"

山崎摇摇晃晃地站了起来，满脸痛苦地止住了明智的话，声音异常嘶哑。毫无血色的嘴边却多出了一抹猩红。

"你……"

"别紧张！我早就做好了最坏的打算……幻灯机被识破的时候，我……我就已经服下了毒药……在这种地方是根本逃不掉的……即便逃出去，也不可能再有绿衣人了……"

大家眼看这俊美的恶魔颓然倒在地上，一时间都沉默不语。就在这时，世本芳枝发疯似的扑到山崎身上，嚎啕大哭起来。

最后的秘密

完全出乎意料的结局让大家都有些不知所措，何况凶手在被揭穿后的第一时间就服毒自尽了，于是大家都沉默地看着痛哭不止的世本芳枝。

"明智先生，虽然凶手已经伏法，但我还是有几个疑问……"

警察署长还是不死心。

"哦？什么疑问？"

"第一，地道里，山崎和绿衣人确实同时出现了，所以应该不是一个人；第二，芳枝小姐被绿衣人从书房掳走的时候，山崎应该是在院子里；

第三，你们赶到这里的当天，山崎在树林里发现了绿衣人，并追了上去；第四，要怎么解释绿衣人在酒店房间里凭空消失？说实话，我也不是没有怀疑过山崎，但考虑到刚才的几个疑问，最终还是排除了他的嫌疑。"

"与其解答您的疑问，倒不如让我来问您几个问题。芳枝小姐不止一次被绑架，为什么一直没有识破绿衣人的真面目呢？不管怎么化装，她不可能连自己丈夫都认不出来吧？"

警察署长闻言一惊，转头看向伏在山崎尸体上痛哭不止的世本芳枝。

"署长先生，您现在明白了吧？绿衣人不是一个人，而是两个。这是这夫妻两人共同炮制的阴谋，一起实施的犯罪。为此，两人做了长期的精心准备。说不定主谋还是世本芳枝呢。

"书房里的地图是山崎故意让我发现的，为的就是把我引到地道里去。世本芳枝事先化装成绿衣人等在那里，等我发现之后，就把我引到事先绑好的绳子那里，把我绊倒。然后就趁机除去伪装，利用地形演了一出精彩的独角戏。我们后来在转角处的石壁上发现了一个一尺见方的空洞，里面有面包屑和橘子皮。其实，那里不仅是他们存放食物的地方，当晚除下的绿衣人的伪装恐怕也藏在了那里吧。

"书房里被掳走的戏码当然也是她演的独角戏。还有酒店房间里那次也一样，其实山崎早就离开了，那房间里只有她和那个服务员。"

"原来如此。那么，明智先生，您为什么要化装成绿衣人呢？"

"那是为了确认世本芳枝是不是同伙。如果当时地道里只有她一个人，我就装作山崎跟她攀谈。如果她满不在乎地跟我说话，那就一定是同伙了。可惜当时山崎也在，所以没有达到目的。于是才有了今天傍晚的那一幕。这次我终于如愿了。我潜入房间之后，她并没有认出我，还板起脸训斥我说'这种时候还化装来我房间，太危险了'！

"这实在是个很可怕的女人。被塞进皮箱里，装进水槽里，为了达到侵占财产的目的，她不惜忍受这些常人难以忍受的痛苦。那日本刀是早就插在那里的，她一直跟那锋利的刀刃一起躲在被子里，直到算准时机，发出尖叫……当然，后来她那疯疯癫癫的样子都是做给我们看的，不过是麻痹我们的花招而已。"

"必须马上逮捕她！"

警察署长深为自己被这女人愚弄为耻，咬牙切齿地说道。但是他刚想过去，一直在痛哭流涕的世本芳枝突然蹿到了床前，从枕头下掏出一把手枪，对准了众人。

刚才明智和署长之间的"窃窃私语"，她都听见了。

"哈哈哈……多么精彩的结局啊！日本第一的名侦探明智先生，堂堂的警署署长先生，有你们做伴，黄泉路上我也不寂寞了。哈哈哈……这把枪里一共有六发子弹，好像这房间里的人多了一些嘛。这样吧，佐助，你们夫妇两个就算了。其他人嘛，哈哈哈……我的枪法可是很不错呢。"

世本芳枝说着先瞄准了明智，用力扣动了扳机，但房间里只有"咔嚓"一声，随后就重归死寂。

"哈哈哈……"明智的笑声打破了这可怕的死寂，"算了吧，别浪费时间了，子弹早就被我卸掉了。"

"你……"世本芳枝毫不退让，"那么大侦探，你有没有想到我还有这招呢？"

说着，她摘下了一直戴在手上的戒指，用力掰开了戒面，将里面的白色粉末一股脑地倒进了嘴里。

"哈哈哈……到了地狱，我们又能在一起了……"

美丽的笑脸迅速扭曲，血色尽褪，先是变得惨白，继而变得青紫。她跌跌撞撞地挣扎着来到山崎的尸体旁，就那么倒了下去，抽搐几下之后就一动不动了。

人们呆若木鸡，直愣愣地注视着可怕的一幕。

所有人都茫然地看着眼前这可怕的一幕，唏嘘不已。

江户川乱步年谱

1894年　出生

本名平井太郎，10月21日出生于三重县名张市，为家中长子。父平井繁男，时任名贺郡官府书记员。母平井菊。

1897年　3岁

因父亲工作调动，举家搬迁至名古屋市。

1901年　7岁

4月，进入名古屋市白川寻常小学就读。

1903年　9岁

《大阪每日新闻》连载菊池幽芳的《秘密中的秘密》，母亲每晚都会念给他听，从此对侦探故事萌生了极大兴趣。

1905年　11岁

4月，进入市立第三高等小学。协助父亲采用胶版誊写版印刷和发行少年杂志。二年级时喜欢上了押川春浪的武侠冒险小说。

1907年　13岁

4月，升入爱知县立第五初级中学。读到黑岩泪香的《岩窟王》，印象特别深刻。

1908年　14岁

其父开设平井商店，主营进口机械的贸易销售，兼营外国保险代理和煤炭销售业务，并采购全套铅字，印刷和发行《中央少年》杂志。秋天，开始在学校附近租借宿舍，独立生活。

1910年　16岁

与要好同学坐船到中国的东北地区旅行。

1912年　18岁

3月，初中毕业。因喜欢出版事业，与同学到处奔走、筹备。6月，其父开设的平井商店破产倒闭。由于失去了学费来源，没有继续上高中。随父亲坐船到朝鲜马山，从事垦荒和测量工作。8月，只身赴东京勤工俭学，以优异成绩考入早稻田大学预备班，白天上学，晚上寄宿在东京都本乡汤岛天神町的云山印刷厂，逢休息日打工。12月，迁到春日町借宿，业余时间靠誊写挣钱。

1913年　19岁

春，与祖母在东京牛込喜久井町生活，重读黑岩泪香等著名作家写的侦探小说。曾计划印刷和发行《少年新闻报》。8月，预备班毕业，考入早稻田大学经济学专业学习。

1914年　20岁

春，与同学创办《白虹》杂志，利用业余时间阅读爱伦·坡、柯南·道尔等英国作家的短篇侦探小说。为了阅读侦探小说，辗转于各大图书馆，所做的笔记装订成册，称为《奇谈》。

1915年　21岁

其父回国供职于某保险公司，在牛込与全家一起生活。继续阅读外国侦探小说，并悉心研究"暗号通讯文书"的由来、规则和特点。

1916年　22岁

8月，毕业于早稻田大学经济学专业，入职大阪府贸易商加藤洋行。

1917年　23岁

5月，从加藤洋行辞职，在伊东温泉开始阅读谷崎润一郎的作品《金色之死》，执笔撰写电影评论文章。11月，入职三重县鸟羽造船厂电机部，参与内部杂志《日和》的编辑。

1918年　24岁

4月，其父再赴朝鲜工作。与鸟羽造船厂的同事组织"鸟羽故事会"，在各剧场、小学巡回。冬，在坂手村小学结识村上隆子。

1919年　25岁

辞职到东京。2月，与两个弟弟在东京本乡驹込町经营一家旧书店"三人书房"。7月，在书店二层编辑《东京PACK》杂志。11月，开设中华面馆。同年，与村上隆子成婚。

1920年　26岁

2月，入职东京市政府社会局。10月，关闭旧书店，入职大阪时事新报社，担任记者，经常与井上胜喜谈论侦探小说，开始撰写《两分铜币》。

1921年　27岁

3月，长子平井隆太郎诞生。4月，在东京担任日本工人俱乐部书记。

1922年　28岁

8月，辞职后回到大阪府外守口町的父亲家，与父亲一起生活。9月，《两分铜币》《一张收据》完稿，正式向某杂志社投稿，但未被采用。不久，改投《新青年》杂志，经审定采用。12月，入职大桥律师事务所。

1923年　29岁

4月，《两分铜币》在《新青年》刊载，小酒井不木博士长文推荐。7月，《一张收据》在《新青年》刊载，辞去大桥律师事务所工作，入职大阪每日新闻社广告部。

1924年　30岁

4月，关东大地震，全家迁回大阪。7月，在《新青年》发表《二废人》。10月，在《新青年》发表《双生儿》。11月底，离开大阪每日新闻社，成为职业作家。

1925年　31岁

1月，在《新青年》增刊发表《D坂杀人事件》，名侦探明智小五郎首次登场。到名古屋拜访小酒井不木。之后，到东京拜访森下雨村，结识《新青年》派作家。2月，在《新青年》发表《心理测试》。3月，在《新青年》发表《黑手》。4月，在《新青年》发表《红色房间》，与春日野绿、西田政治、横沟正史等作家发起创建"侦探兴趣协会"。5月，在《新青年》发表《幽灵》。7月，在《新青年》发表《白日梦》《戒指》。8月，在《新青年》增刊发表《天花板上的散步者》。9

月，在《新青年》发表《一人两角》，在《苦乐》发表《人间椅子》；其父逝世。10月，成立"新兴大众文艺作家协会"。

1926年　32岁

发表侦探小说《噩梦塔》(直译名《幽鬼之塔》)等多篇作品。12月，在《朝日新闻》上连载《畸心人》(直译名《侏儒法师》)。

1927年　33岁

3月，停笔，与妻平井隆子开设"宿舍租借有限公司"。不久，独自外出旅行，到日本海沿岸、千叶县沿岸等地；10月，到京都、名古屋等地；11月，与小酒井不木、国枝史郎、长谷川伸和土师清二等人创建大众文艺民间合作组织"耽绮社"。

1928年　34岁

3月，出售早稻田大学附近的宿舍。4月，买下东京户塚町源兵卫一七九号的房屋。同年，发表《丑角师》(直译名《地狱丑角师》)。

1929年　35岁

1月，在《新青年》发表《噩梦》。6月，发表处女随笔《恶魔王》(直译名《恐怖的魔王》)。8月，在《讲谈俱乐部》连载《蜘蛛男》。

1930年　36岁

5月，改造社出版《孤岛之鬼》。7月，在《讲谈俱乐部》连载《魔术师》。9月，在《国王》连载《黄金假面人》。10月，讲谈社出版《蜘蛛男》。

1931年　37岁

5月，平凡社出版《江户川乱步选集》13卷。同年，出版《迷重重》(直译名《钟塔的秘密》)、《暗黑星》和《邪与恶》(直译名《影男》)。

1932年　38岁

3月，停笔，带全家外出旅游，先后到过京都、奈良、近江等地。

1933年　39岁

1月，加入大槻宪二创建的"精神分析研究会"，每月出席例会，并为该会《精神分析杂志》撰稿。4月，长子平井隆太郎升入大阪府立第五初中学校。同年，好友山本直一辞去博物馆工作，担任江户川乱步的助手。12月，在《国王》连载《红蝎子》(直译名《红妖虫》)。

1934年　40岁

发表《恐吓信》(直译名《魔术师》)、《黑天使》和《不归路》(直译名《死亡十字路》)。

1935年　41岁

1月，平凡社陆续出版《江户川乱步杰作选》12卷。6月，春秋社出版《人形豹》。9月，编写《日本侦探小说杰作集》，由春秋社出版，并发表长篇评论文章。

1936年　42岁

1月，在《讲谈俱乐部》连载《绿衣人》；在《少年俱乐部》连载《怪盗二十面相》。5月，春秋社出版评论集《鬼的话》。12月，讲谈社出版《怪盗二十面相》。

1937年　43岁

1月，在《讲谈俱乐部》连载《噩梦塔》（直译名《幽鬼之塔》），在《少年俱乐部》连载《少年侦探团》。战争爆发后，政府当局对于出版物的审查越来越严格，江户川乱步的所有小说被禁止出版发行，不得不停止撰写侦探小说。为了生活，江户川乱步借用别名为少年儿童撰写探险小说。后来，当局只允许江户川乱步撰写防谍反特小说，在杂志和报纸决定连载前，必须经过外交部、内务部、警视厅和宪兵机构的联合审查，达成一致意见后方可使用江户川乱步的名字刊登。由于公开抗议，被勒令停止写作，结果只写了一部小说。

1938年 44岁

1月，在《少年俱乐部》连载《妖怪博士》。3月，讲坛社出版《少年侦探团》。4月，新潮社出版《噩梦塔》。9月，新潮社出版《江户川乱步选集》10卷。

1939年 45岁

1月，在《讲谈俱乐部》连载《暗黑星》，在《少年俱乐部》连载《蒙面人》。2月，讲谈社出版《妖怪博士》。

1940年 46岁

2月，讲谈社出版《蒙面人》。7月，因心脏不适住院治疗。10月，与同人创立"大政翼赞会"。

1941年 47岁

7月，非凡阁出版《噩梦塔》。12月，任东京池袋丸山町防空会长。

1942年 48岁

任东京池袋北町会副会长，以"小松龙之介"的笔名连载《聪明的太郎》。

1943年 49岁

与著名作家井上良夫书信往来，交流对欧美侦探小说的看法。8月，开始连载科幻小说《伟大的梦》。11月，东京大学文学部在读的长子平井隆太郎被征召入伍，为其举行送别会。

1944年 50岁

出任行政监察随员助手，后在町会领导下开设军需品加工厂生产皮革制品。

1945年 51岁

4月，家属被疏散到福岛，自己则只身留在东京池袋，继续担任町会副会长。6月，因病被疏散到福岛。8月，在病床上听到裕仁天皇宣布无条件投降，平井隆太郎从土浦飞行队退役。11月，举家迁回池袋。

1946年 52岁

6月，倡议成立"侦探小说星期六研讨会"，每月开一次例会。

1947年 53岁

6月，"侦探小说星期六研讨会"更名"侦探作家俱乐部"，被选举为第一届主席。11月，到关西等地演讲，普及和推广侦探小说。没有新作问世，但旧作再版达31部。

1949年 55岁

1月，在《少年》连载《青铜怪人》。6月，再度当选侦探作家俱乐部会长。11月，光文社出版《青铜怪人》。

1950年　56岁

1月，在《少年》连载《虎牙》。3月，在《报知新闻》连载《断崖》，为战后首部短篇侦探小说。12月，光文社出版《虎牙》。

1951年　57岁

1月，在《趣味俱乐部》连载《恐怖的三角馆》，在《少年》连载《透明怪人》。5月，岩谷书店出版评论集《幻影城》。12月，光文社出版《透明怪人》。

1952年　58岁

1月，在《少年》连载《怪盗四十面相》。3月，评论集《幻影城》荣获侦探作家俱乐部授予的"第五届优秀侦探小说勋章"。7月，辞去侦探作家俱乐部会长一职，任名誉会长。12月，光文社出版《怪盗四十面相》。

1953年　59岁

1月，在《少年》连载《宇宙怪人》。12月，光文社出版《宇宙怪人》。

1954年　60岁

1月，在《少年》连载《塔上魔术师》。10月，日本侦探作家俱乐部、东京作家俱乐部和捕物作家俱乐部联合主办"江户川乱步六十大寿庆典"，会上正式设立"江户川乱步奖"。《别册宝石》第四十二期杂志作为

"江户川乱步六十周岁纪念特刊",《侦探俱乐部》十二月号杂志也作为"乱步花甲纪念特刊"。著名作家中岛河太郎编纂和发行《江户川乱步花甲纪念文集》。11月，映阳堂出版《江户川乱步选集》10卷。12月，光文社出版《塔上魔术师》。

1955年　61岁

1月，在《趣味俱乐部》连载《影男》，在《少年》连载《海底魔术师》，在《少年俱乐部》连载《灰色巨人》。5月，举行首届"江户川乱步奖"颁奖仪式。11月，在三重县名张市举行"江户川乱步诞生地"树碑庆贺仪式。12月，光文社出版《海底魔术师》《灰色巨人》。

1956年　62岁

1月，在《少年》上连载《魔法博士》，在《少年俱乐部》上连载《黄金豹》。1月24日，"日本翻译家研究会"成立，出任研究会顾问。2月，出任"日本文艺家协会语言表述问题专业委员会"委员。4月，发表《英文翻译侦探小说短篇集》。8月，接任《宝石》杂志主编。11月，光文社出版《马戏团里的怪人》《魔法玩偶》。

1957年　63岁

1月，在《少年》连载《夜光人》，在《少年俱乐部》连载《奇面城的秘密》,在《少女俱乐部》连载《塔上魔术师》。12月,光文社出版《夜光人》《奇面城的秘密》《塔上魔术师》。

1959年　65岁

1月,在《少年》连载《假面具背后的恐怖王》。11月,桃源社出版《欺诈师与空气男》,光文社出版《假面具背后的恐怖王》。

1960年　66岁

1月,在《少年》连载《带电人M》。4月,出任东都书房《日本侦探推理小说大集成》编辑委员。

1961年　67岁

4月,成为文艺家协会名誉会员。7月,出席"江户川乱步从事侦探小说创作四十周年庆典",桃源社出版《侦探小说四十年》。10月,桃源社出版《江户川乱步全集》18卷。11月3日,荣获日本政府颁发的"紫绶褒勋章"。

1963年　69岁

1月,"日本侦探作家俱乐部"升格为社团法人"日本推理作家协会",被一致推选为第一届理事长。8月,再次当选,坚辞不受,亲自提名松本清张接任第二届理事长。

1965年　71岁

7月28日，突发脑出血逝世，戒名智胜院幻城乱步居士。获赠正五位勋三等瑞宝章。8月1日，在青山葬仪所举行日本推理作家协会葬，墓所位于多摩灵园。

译后记

　　我1981年8月考入宝钢翻译科从事翻译工作，1982年初开始从事日本文学翻译，1983年2月首次发表日本文学译作。四十余年来，我一直致力于中日民间文化交流，尤其是翻译了日本推理文学鼻祖江户川乱步的作品全集，由衷地感到欣慰和满足。

　　《江户川乱步全集》共46册，数百万言，历经数个寒暑才翻译完成。回首往事，第一天坐在桌案前写下第一行译文的情景仍历历在目。为了解江户川乱步的创作思想、创作背景和准确把握作品的神韵，除反复阅读其所有小说作品外，我还遍览《侦探推理文学四十年》《乱步公开的隐私》《幻影城主》《奇特的立意》和《海外侦探推理文学作家和作品》等乱步的随笔和评论集。并专程去了坐落在东京丰岛区池袋的江户川乱步故居考察，到日本国家图书馆查阅了有关江户川乱步的许多资料。

为了让更多的人了解江户川乱步，我在《新民晚报》先后发表了《江户川乱步，日本侦探推理文学的先驱》《日本的福尔摩斯》《江户川乱步的起步》《徜徉少年大侦探系列》《徜徉青年大侦探系列》，接受了腾讯视频、东方电视台、《上海翻译家报》、沪江网、日语界以及日本青森电视台、《东粤日报》、《朝日新闻》、《产经新闻》、《中日新闻》的相关采访。

鲁迅说："伟大的成绩和辛勤劳动是成正比的，有一分劳动就有一分收获。日积月累，从少到多，奇迹就可以创造出来。"我历经数年辛劳翻译的这版《江户川乱步全集》，2004年4月被乱步故里日本名张市政府收藏，2020年10月又被日本驻上海总领事馆收藏，并荣获国际亚太地区出版联合会

APPA翻译金奖，其中的"少年侦探团系列"荣获国家新闻出版总署优秀少儿图书三等奖。

江户川乱步可以说是日本推理文学的代名词，江户川乱步奖是推动日本推理文学作家辈出的巨大动力，《江户川乱步全集》是世界侦探推理文学的瑰宝。希望通过这套《江户川乱步全集》，可以让更多的读者共同享受推理文学的乐趣。

2021年元旦于上海虹桥东华美寓所